# 15歳《さい》の天使《てんし》

## 最後《さいご》の瞬間《しゅんかん》まで、きみと

砂倉春待《さくらはるまち》・著　三湊《みなと》かおり・絵



野いちごジュニア文庫

十五歳《じゅうごさい》。
初《はじ》めて恋《こい》を知《し》った。
お願《ねが》い、神様《かみさま》。
私《わたし》の初恋《はつこい》を、殺《ころ》さないで。

# 15歳の天使

15 year old angel

## 最《さい》後《ご》の瞬《しゅん》間《かん》まで、きみと

登場人物《とうじょうじんぶつ》
紹介《しょうかい》

**Yuki Narahashi**

**名良橋《ならはし》 由貴《ゆき》**

由仁《ゆに》と同《おな》じクラスでバスケ部員《ぶいん》。大人《おとな》っぽくて落《お》ちついた性格《せいかく》。不《ぶ》器用《きよう》だけど本当《ほんとう》は優《やさ》しくて、何《なに》かと由仁《ゆに》のことを気《き》にかけている。

**Yuni Hayasaka**

**早坂《はやさか》 由仁《ゆに》**

中学三年生《ちゅうがくさんねんせい》。中一《ちゅういち》のときに悪性《あくせい》の脳腫瘍《のうしゅよう》と診断《しんだん》され、余命一年《よめいいちねん》と言《い》われる。強《つよ》がりに思《おも》われがちだけど、本当《ほんとう》は素直《すなお》な性格《せいかく》。

Shuhei Takano

## 高野《たかの》 修平《しゅうへい》

明《あか》るく優《やさ》しい性格《せいかく》で頼《たよ》りがいもあるタイプ。由仁《ゆに》の病気《びょうき》のことも知《し》っている。同《おな》じ部活《ぶかつ》の由貴《ゆき》とよくつるんでいる。

Rio Katsuragi

## 葛城《かつらぎ》 梨央《りお》

行方知《ゆくえし》れずになっていた、由貴《ゆき》の幼《おさな》なじみ。偶然《ぐうぜん》、由仁《ゆに》と同《おな》じ病院《びょういん》に入院《にゅういん》し、由貴《ゆき》と再会《さいかい》する。

Kaede Hayasaka

## 早坂《はやさか》 楓《かえで》

由仁《ゆに》の十四歳上《じゅうよんさいうえ》の姉《あね》。早《はや》くに亡《な》くなった両親《りょうしん》に代《か》わり、由仁《ゆに》を大切《たいせつ》に育《そだ》ててきた。妹《いもうと》思《おも》いで優《やさ》しい性格《せいかく》。

# もくじ

## 第《だい》一《いっ》章《しょう》



## 第《だい》二《に》章《しょう》

# 第一章《だいいっしょう》

## 残《のこ》された時間《じかん》

私《わたし》、早坂由仁《はやさかゆに》の命《いのち》には、期限《きげん》がある。

「やっとお昼《ひる》だねー」

「お腹《なか》すいたぁ」

四時間目《よじかんめ》の数学《すうがく》の授業《じゅぎょう》が終《お》わり、クラスメートの声《こえ》や椅子《いす》を移動《いどう》させる音《おと》で教室《きょうしつ》が一《いっ》気《き》に賑《にぎ》やかになる。

その様子《ようす》を横目《よこめ》にしながら机《つくえ》の横《よこ》にかけていたお弁当《べんとう》を手《て》に取《と》ったとき、視界《しかい》の端《はし》に人影《ひとかげ》が現《あらわ》れた。

「早坂《はやさか》さん」

名前《なまえ》を呼《よ》ばれて顔《かお》を上《あ》げると、二人《ふたり》の女子生徒《じょしせいと》が立《た》っていた。それぞれの手《て》には、かわいらしいランチバッグ。

「よかったら、一緒《いっしょ》に食《た》べない？」

少《すこ》し照《て》れくさそうに、右側《みぎがわ》に立《た》つ小柄《こがら》な女《おんな》の子《こ》が言《い》う。勇気《ゆうき》を出《だ》して声《こえ》をかけてくれたということは、すぐにわかった。

でも……。

「……ごめんね、遠慮《えんりょ》しとく」

無意識《むいしき》のうちに、スカートを握《にぎ》る手《て》に力《ちから》がこもる。

私《わたし》の返答《へんとう》を聞《き》いて、今度《こんど》は左側《ひだりがわ》に立《た》つスレンダーな女《おんな》の子《こ》が慌《あわ》てたように声《こえ》を発《はっ》した。

「そ、そっか！　ごめんね、急《きゅう》に」

謝《あやま》らなくていいのに。謝《あやま》らなきゃいけないのは私《わたし》のほうなのに。せっかくの優《やさ》しさを、跳《は》ねのけることしかできなくてごめんなさい……。

彼女《かのじょ》たちの顔《かお》をまっすぐに見《み》られず、自分《じぶん》がどんな表情《ひょうじょう》をしているかもわからないまま席《せき》を立《た》つ。気《き》まずい空気《くうき》から逃《に》げるように、私《わたし》は教室《きょうしつ》を飛《と》び出《だ》した。

【在室中《ざいしつちゅう》】という札《ふだ》がかかっている扉《とびら》をノックし、返事《へんじ》を待《ま》ってから開《あ》ける。中《なか》に入《はい》ると、窓《まど》から吹《ふ》き込《こ》む風《かぜ》にふわりと髪《かみ》をなびかせた、養護《ようご》教諭《きょうゆ》の松風《まつかぜ》先生《せんせい》が私《わたし》を出迎《でむか》えてくれた。

「あら、早坂《はやさか》さん。どうかした？　体調悪《たいちょうわる》い？」

「あ、いや、そうじゃなくて……。お昼《ひる》ご飯《はん》、ここで食《た》べさせてもらえないかなって」

松風先生《まつかぜせんせい》の少《すこ》し驚《おどろ》いたような顔《かお》は、すぐに柔《やわ》らかい笑《え》みへと変《か》わる。

「どうぞ。ありがたいことに暇《ひま》だったから、話《はな》し相手《あいて》になってもらおうかな」

笑顔《えがお》で迎《むか》え入《い》れてくれた先生《せんせい》にお礼《れい》を言《い》って、保健室《ほけんしつ》の中《なか》に入《はい》った。

「ここ、座《すわ》って」

書類《しょるい》がたくさん並《なら》べられた机《つくえ》にパイプ椅子《いす》を引《ひ》き寄《よ》せて、先生《せんせい》が手招《てまね》きしてくれる。言《い》われるままそこに座《すわ》ると、先生《せんせい》も腰《こし》を下《お》ろした。

「今日《きょう》、暖《あたた》かいねぇ。あまりに気持《きも》ちがいいから、さっきちょっとうたた寝《ね》しちゃった」

「……いいんですか、生徒《せいと》にそんなこと言《い》って」

「よくないよね！　ほかの先生《せんせい》に知《し》られたら怒《おこ》られちゃうかも」

お弁当《べんとう》を広《ひろ》げながら聞《き》くと、先生《せんせい》は口《くち》を大《おお》きく開《あ》けて笑《わら》った。美人《びじん》なのに、豪快《ごうかい》だ。

「聞《き》かなかったことにします」

「あはは、ありがとー。でも、早坂《はやさか》さんはペラペラしゃべるような生徒《せいと》じゃないでしょ」

松風先生《まつかぜせんせい》がそう言《い》ってくれたので、私《わたし》も緊張《きんちょう》が緩《ゆる》む。

「言《い》う相手《あいて》がそもそもいないですからねー」

笑《わら》い飛《と》ばしてくれると思《おも》って言《い》った冗談《じょうだん》交《ま》じりの私《わたし》の言葉《ことば》を、先生《せんせい》は重《おも》く受《う》け取《と》ったらしい。私《わたし》たちの間《あいだ》に静《しず》かな空気《くうき》が流《なが》れて、しまった、と思《おも》った。

「な、なーんて……」

「それでいいの？」

逃《に》げようとしたけれど、先生《せんせい》の澄《す》んだ目《め》に捕《つか》まった。先生《せんせい》は、早《はや》い口調《くちょう》で話《はなし》を続《つづ》ける。

「ごめん、いろいろな葛藤《かっとう》のうえで決《き》めたことだって、わかってるの。でも、今《いま》のままじゃ……」

立場上《たちばじょう》、私《わたし》がかかえる事情《じじょう》をすべて知《し》っている松風先生《まつかぜせんせい》。

私《わたし》のことを本気《ほんき》で心配《しんぱい》して、そう言《い》って

くれていることはわかってる。でも……。

「心配《しんぱい》してくれて、ありがとうございます。けど……いいんです」

ふっと目《め》を細《ほそ》めて、窓《まど》の外《そと》に視線《しせん》を移《うつ》す。

中学三年生《ちゅうがくさんねんせい》になって、早一週間《はやいっしゅうかん》。

薄紅色《うすべにいろ》の花《はな》を咲《さ》かせていた桜《さくら》はとっくに散《ち》った。

「一人《ひとり》でいるって、私自身《わたしじしん》が決《き》めたから」

私《わたし》には、もう時間《じかん》がない。

もって夏《なつ》まで。——これは、私《わたし》の命《いのち》に言《い》い渡《わた》されたタイムリミットだ。

めまいや吐《は》き気《け》、頭痛《ずつう》がするようになったのは、中学一年生《ちゅうがくいちねんせい》の夏《なつ》だった。

不調《ふちょう》を自覚《じかく》しながらもバスケ部《ぶ》の練習《れんしゅう》で忙《いそが》しかった私《わたし》は、ただの風邪《かぜ》だと思《おも》って病院《びょういん》に行《い》くことはしなかった。

ところが、中学《ちゅうがく》初《はじ》めての春休《はるやす》みを迎《むか》えた朝《あさ》。これまで体験《たいけん》したことがない激《はげ》しい頭痛《ずつう》に襲《おそ》われ、目《め》を覚《さ》ました。

ズキズキしているのか、ガンガンしているのか。それとも、その両方《りょうほう》なのか。もはや考《かんが》えることもできなくて、ただ手放《てばな》してしまいそうになる意識《いしき》をつなぎ止《と》めるのに必死《ひっし》だった。

痛《いた》い。苦《くる》しい。

ぼうっとする意識《いしき》の中《なか》、声《こえ》を振《ふ》り絞《しぼ》ってすがるように叫《さけ》んだ。

『助《たす》けて……っ！』

『由仁《ゆに》⁉』

私《わたし》の声《こえ》を聞《き》いて駆《か》けつけた楓《かえで》お姉《ねえ》ちゃんが、取《と》り乱《みだ》した様子《ようす》で私《わたし》の名前《なまえ》を呼《よ》んだ。

だけど、どんどん強《つよ》くなっていく痛《いた》みのせいで返事《へんじ》をすることもできず、遠《とお》くでサイレンの音《おと》が聞《き》こえたのを最後《さいご》に、意識《いしき》は私《わたし》の手《て》をすり抜《ぬ》けた。

再《ふたた》び目《め》を覚《さ》ましたとき、真《ま》っ白《しろ》で高《たか》い天井《てんじょう》が目《め》に飛《と》び込《こ》んできて、すぐに自分《じぶん》の部屋《へや》でないことがわかった。ぼんやりとした意識《いしき》の中《なか》で視線《しせん》をずらすと、苦《くる》しそうな表情《ひょうじょう》で私《わたし》の顔《かお》を覗《のぞ》き込《こ》むお姉《ねえ》ちゃんがいた。

お姉《ねえ》ちゃんのそんな顔《かお》を見《み》るのは、私《わたし》が小学生《しょうがくせい》のころに両親《りょうしん》が事故《じこ》で亡《な》くなったときぶりで、嫌《いや》な予感《よかん》に襲《おそ》われる。そして、その嫌《いや》な予感《よかん》は的中《てきちゅう》してしまった。

――悪性《あくせい》の脳腫瘍《のうしゅよう》。

それが、診察《しんさつ》した医師《いし》から告《つ》げられた診断結果《しんだんけっか》。かなり進行《しんこう》していてとても深刻《しんこく》な状《じょう》態《たい》だと、先生《せんせい》は続《つづ》けて言《い》った。

信《しん》じられなかった。だって、昨日《きのう》まで普通《ふつう》に生活《せいかつ》していたのに。

そんなの、信《しん》じろって言《い》うほうが無茶《むちゃ》だよ……。

現実《げんじつ》を受《う》け入《い》れられない間《あいだ》にも話《はなし》はどんどん進《すす》んでいき……気《き》づけば、入院《にゅういん》しながら治療《ちりょう》を進《すす》めていくことが決《き》まっていた。

一時帰宅《いちじきたく》さえも認《みと》められることなくスタートした、入院生活《にゅういんせいかつ》。

なんだか、不思議《ふしぎ》な感覚《かんかく》だった。馴染《なじ》みのないベッドの上《うえ》に当《あ》たり前《まえ》のように自分《じぶん》がいて、当《あ》たり前《まえ》のようにそこで朝《あさ》を迎《むか》えることが、不思議《ふしぎ》でたまらなかった。

だけど、入院生活《にゅういんせいかつ》が始《はじ》まって数日《すうじつ》が経過《けいか》したころ。

『先生《せんせい》と話《はなし》があるから、明日《あした》は少《すこ》し早《はや》めに来《く》るね』

前日《ぜんじつ》にそう言《い》って帰《かえ》ったお姉《ねえ》ちゃんは、なかなか病室《びょうしつ》に来《こ》なかった。

あまりにも暇《ひま》だった私《わたし》は、雑誌《ざっし》でも買《か》おうと一階《いっかい》にある売店《ばいてん》に向《む》かうことにした。

エレベーターを目指《めざ》して歩《ある》いていると、通《とお》りすぎた院内《いんない》の談話《だんわ》スペースによく知《し》る背中《せなか》を見《み》たような気《き》がして、二《に》、三歩《さんぽ》戻《もど》って陰《かげ》に隠《かく》れる。

お姉《ねえ》ちゃんと、その婚約者《こんやくしゃ》で、私《わたし》ともとても仲良《なかよ》くしてくれている圭《けい》くん。

圭《けい》くんも来《き》てくれたんだ。病室《びょうしつ》に来《こ》ないで、こんなところで何《なに》してるの？

言《い》おうとしたその言葉《ことば》は、お姉《ねえ》ちゃんが漏《も》らした嗚咽《おえつ》によって喉《のど》の奥《おく》に引《ひ》っ込《こ》んだ。

『病室《びょうしつ》に行《い》くのが怖《こわ》いの……。だってあの子《こ》、きっとすぐにいつもどおりの生活《せいかつ》に戻《もど》れると思《おも》ってる』

『楓《かえで》……』

『なんで、こんなに悪《わる》くなるまで気《き》づいてあげられなかったんだろう……！』

お姉《ねえ》ちゃんの涙交《なみだま》じりの声《こえ》は、聞《き》き耳《みみ》を立《た》てていた私《わたし》の心《こころ》を容赦《ようしゃ》なく貫《つらぬ》いた。

あぁ、そうか。私《わたし》、病気《びょうき》だったんだ。フラフラしたり気持《きも》ちが悪《わる》かったり頭《あたま》が痛《いた》かったりしたのは、風邪《かぜ》のせいじゃなく、病気《びょうき》だったからなんだ。

だから家《いえ》には帰《かえ》れないし、面倒《めんどう》だと思《おも》っていた学校《がっこう》にも行《い》けない。きつい練習《れんしゅう》メニューをこなすことも、チームメートたちとバカなことして笑《わら》い合《あ》うことも、もう……。

『……っ』

つうっと、一筋《ひとすじ》の涙《なみだ》が火照《ほて》る頬《ほほ》を冷《つめ》たく伝《つた》う。

受《う》け入《い》れられずにいた現実《げんじつ》が、事実《じじつ》として私《わたし》にのしかかった。このとき、ようやく自分《じぶん》が置《お》かれている状況《じょうきょう》を本当《ほんとう》の意味《いみ》で理解《りかい》したんだ。

お姉《ねえ》ちゃんたちに気《き》づかれないようにその場《ば》を離《はな》れた私《わたし》は、ベッドに戻《もど》って布団《ふとん》を深《ふか》く被《かぶ》った。

それから、たがが外《はず》れたように泣《な》いた。個室《こしつ》ではなかったので隣《となり》のベッドにも誰《だれ》かがいたんだろうけど、そんなことを気《き》にしている余裕《よゆう》なんてなかった。

なんで私《わたし》なの？　なんで私《わたし》じゃないといけなかったの？

ねえ、神様《かみさま》。私《わたし》に日常《にちじょう》を返《かえ》してよ……！

たくさんの涙《なみだ》がシーツにシミを作《つく》った。でも、どれだけ泣《な》いたって、病気《びょうき》だという現実《げんじつ》は消《き》えてくれなかった。

ひとしきり泣《な》いたあと、病室《びょうしつ》にやってきたお姉《ねえ》ちゃんたちと、主治医《しゅじい》の先生《せんせい》から今後《こんご》の方針《ほうしん》と治療《ちりょう》に関《かん》する説明《せつめい》を受《う》けた。

翌日《よくじつ》から始《はじ》まった治療《ちりょう》は、想像《そうぞう》していたよりもずっと苦《くる》しかった。

ご飯《はん》は喉《のど》を通《とお》らないし、食《た》べられたとしてもすぐに吐《は》いてしまう。何《なに》より一番《いちばん》つらかったのは、薬《くすり》の副作用《ふくさよう》のせいで髪《かみ》が抜《ぬ》け落《お》ちてしまったことだった。チャームポイントだった色素《しきそ》の薄《うす》い髪《かみ》が指《ゆび》に絡《から》んで抜《ぬ》けたとき、あまりのショックに声《こえ》が出《で》なかった。

友達《ともだち》やチームメートが、学校《がっこう》を休《やす》んでいる私《わたし》のお見舞《みま》いに来《き》たいと言《い》ってくれているということは、お姉《ねえ》ちゃんから聞《き》いていた。

でも、彼女《かのじょ》たちの記憶《きおく》の中《なか》にある自分《じぶん》と今《いま》の自分《じぶん》は、あまりにかけ離《はな》れすぎていた。弱《よわ》った姿《すがた》を見《み》られるのが嫌《いや》で、私《わたし》はそれを拒《こば》んだ。

治療《ちりょう》の効果《こうか》をあまり感《かん》じられないでいるうちに、夏《なつ》が終《お》わり秋《あき》も過《す》ぎた。さらに見慣《みな》れた窓《まど》の向《む》こう、遠《とお》くに見《み》える山《やま》の頭《あたま》が白《しろ》く色《いろ》づいたころ、最新《さいしん》の検査結果《けんさけっか》が出《で》た。

検査結果《けんさけっか》は、決《けっ》していいものではなかった。

ううん。結果《けっか》なんか見《み》なくたって、病気《びょうき》が進行《しんこう》していることは自分自身《じぶんじしん》が一番《いちばん》よくわかっていた。

だから、お姉《ねえ》ちゃんは反対《はんたい》したけれど、先生《せんせい》との話《はな》し合《あ》いの場《ば》に私《わたし》も参加《さんか》させてもらった。現実《げんじつ》を知《し》るのは怖《こわ》かったけど、何《なに》も知《し》らないまま治療《ちりょう》を続《つづ》けるほうが嫌《いや》だった。

先生《せんせい》は私《わたし》の様子《ようす》を一瞬確認《いっしゅんかくにん》して、それから重《おも》い口《くち》を開《ひら》いた。

『さまざまな治療《ちりょう》を行《おこな》ってきましたが、大《おお》きな効果《こうか》は見《み》られませんでした』

お姉《ねえ》ちゃんが息《いき》をのんだ気配《けはい》がした。このあとに続《つづ》く言葉《ことば》を無意識《むいしき》のうちに予想《よそう》してしまい、それを必死《ひっし》に振《ふ》り払《はら》う。

けど……。

『……もって、来年《らいねん》の夏《なつ》までかと思《おも》われます』

振《ふ》り払《はら》ったはずの予想《よそう》は、先生《せんせい》の声《こえ》に乗《の》って結果《けっか》として突《つ》きつけられた。

来年《らいねん》の夏《なつ》。

はっきりと言《い》い渡《わた》された、命《いのち》の期限《きげん》。

隣《となり》で、お姉《ねえ》ちゃんがわぁっと泣《な》き崩《くず》れた。

余命宣告《よめいせんこく》なんて、マンガやドラマの中《なか》だけに存在《そんざい》するものだと思《おも》っていた。でも、これ

はフィクションなんかじゃない。

私《わたし》、死《し》ぬんだ。きつい治療《ちりょう》に耐《た》えたかいもなく、死《し》んじゃうんだ。

『……っ』

〝死《し》〟がリアルになって、手足《てあし》の指先《ゆびさき》が冷《つめ》たくなっていくのを感《かん》じる。同時《どうじ》に鼻《はな》の奥《おく》がツンとしたけど、一緒《いっしょ》に話《はなし》を聞《き》くって決《き》めたのは自分《じぶん》だからと、ギリギリのところで涙《なみだ》は堪《こら》えた。

怖《こわ》い。怖《こわ》くて仕方《しかた》ない。だけど……どこか冷静《れいせい》にそれを受《う》け入《い》れている自分《じぶん》もいた。

『……これからは、回復《かいふく》を目指《めざ》すのではなく、命《いのち》を少《すこ》しでも延《の》ばすための治療《ちりょう》に切《き》り替《か》えることになります。残《のこ》りの時間《じかん》をどう過《す》ごすのか、一度《いちど》、ご家族《かぞく》で話《はな》し合《あ》ってみてください』

ずっと暗《くら》い顔《かお》をしていた先生《せんせい》は、私《わたし》たちに深《ふか》く頭《あたま》を下《さ》げてから部屋《へや》を出《で》ていった。

『うぅ……っ』

お姉《ねえ》ちゃんの泣《な》き声《ごえ》だけが静《しず》かに響《ひび》く。私《わたし》はただ、その姿《すがた》をぼうっと眺《なが》めていた。

すぐに現実《げんじつ》を受《う》け入《い》れることができなくて、その日《ひ》はこれからのことを話《はな》し合《あ》うことができなかった。

話《はな》し合《あ》いのあと、いつかと同《おな》じように布団《ふとん》に潜《もぐ》った私《わたし》は、ふらふらと帰《かえ》っていったお姉《ねえ》ちゃんの姿《すがた》を思《おも》い浮《う》かべていた。

交通事故《こうつうじこ》でお父《とう》さんとお母《かあ》さんが亡《な》くなったのは、私《わたし》が十歳《じっさい》で、お姉《ねえ》ちゃんが二十四《にじゅうよん》歳《さい》のときだった。

親戚付《しんせきづ》き合《あ》いもなく頼《たよ》れる人《ひと》がいない中《なか》で、働《はたら》き始《はじ》めてまだ二年目《にねんめ》だったお姉《ねえ》ちゃんは私《わたし》を一生懸命育《いっしょうけんめいそだ》ててくれた。

私《わたし》には想像《そうぞう》もできないような大変《たいへん》なことがいっぱいあっただろうけど、お姉《ねえ》ちゃんはいつも明《あか》るく笑《わら》ってくれた。私《わたし》は、そんなお姉《ねえ》ちゃんが大好《だいす》きだった。

だから、彼氏《かれし》だと言《い》って圭《けい》くんを紹介《しょうかい》してくれたときは、うれしかった。

私《わたし》を本当《ほんとう》の妹《いもうと》のようにかわいがってくれた圭《けい》くん。二人《ふたり》の結婚《けっこん》が決《き》まったときは、もっともっとうれしかった。

今《いま》までたくさん苦労《くろう》をしてきたお姉《ねえ》ちゃんが、大好《だいす》きなお姉《ねえ》ちゃんが、ようやく幸《しあわ》せになれる。そう、思《おも》ったのに。

目《め》を閉《と》じて、思《おも》い浮《う》かべるお姉《ねえ》ちゃんは泣《な》いていた。

忙《いそが》しい仕事《しごと》の合間《あいま》に病院《びょういん》に来《き》てくれるお姉《ねえ》ちゃんは、最近《さいきん》、いつもつらそうだった。
ごめんね、お姉《ねえ》ちゃん。悲《かな》しい思《おも》いをさせてしまってごめんなさい……。
でも私《わたし》、頑張《がんば》ったよ。つらい治療《ちりょう》にも耐《た》えてきた。
それでも、神様《かみさま》は私《わたし》の手《て》を取《と》ってはくれなかった。
疲《つか》れちゃったよ。楽《らく》になりたいよ。もう……解放《かいほう》されてもいいよね？
最後《さいご》くらい、普通《ふつう》の女《おんな》の子《こ》に戻《もど》りたい。
そう思《おも》ったとき、答《こた》えは案外《あんがい》あっさりと出《で》た。

先生《せんせい》との面談《めんだん》から数日《すうじつ》がたった日曜日《にちようび》、私《わたし》はお姉《ねえ》ちゃんと圭《けい》くんを病室《びょうしつ》に呼《よ》び寄《よ》せた。
二人《ふたり》とも難《むずか》しい顔《かお》をしていて、胸《むね》がズキッと痛《いた》んだ。
私《わたし》のせいでそんな顔《かお》をさせちゃってごめんね。もう、終《お》わらせるからね。
『私《わたし》、延命治療《えんめいちりょう》はしたくない』
私《わたし》が言《い》うと、二人《ふたり》が目《め》を大《おお》きく見開《みひら》いた。

『な、何《なに》を……！』

真《ま》っ先《さき》に口《くち》を開《ひら》いたのは、圭《けい》くんだった。

『残《のこ》り少《すく》ない時間《じかん》を病院《びょういん》で過《す》ごすなんて、嫌《いや》なんだもん』

病院《びょういん》のベッドの上《うえ》で過《す》ごす時間《じかん》に、私《わたし》は意味《いみ》を見《み》つけられないから。

『最後《さいご》くらいは薬《くすり》に苦《くる》しめられたくない。これから歩《あゆ》むはずだった人生《じんせい》を生《い》きたい。……だから、お願《ねが》いがあります』

きゅっと唇《くちびる》を結《むす》んでから、意《い》を決《けっ》して再《ふたた》び口《くち》を開《ひら》いた。

『三年生《さんねんせい》の一学期《いちがっき》の間《あいだ》だけ、隣町《となりまち》の学校《がっこう》に通《かよ》わせてほしいの』

まっすぐに二人《ふたり》の顔《かお》を見《み》る。お姉《ねえ》ちゃんも圭《けい》くんも、とても驚《おどろ》いた様子《ようす》だった。

『が、学校《がっこう》って……』

『私《わたし》、病気《びょうき》がわかってからずっと入院生活《にゅういんせいかつ》じゃん。普通《ふつう》に学校《がっこう》に行《い》って授業《じゅぎょう》を受《う》けて、たまに先生《せんせい》に叱《しか》られて。そういう何気《なにげ》ないことが本当《ほんとう》は何《なに》よりも幸《しあわ》せだったんだって……今《いま》ならわかるんだ』

体育祭《たいいくさい》や修学旅行《しゅうがくりょこう》。たくさんの思《おも》い出《で》を、大好《だいす》きな友達《ともだち》と作《つく》っていきたかった。

大人《おとな》になったときには、あぁこんなこともあったねって、二度《にど》と戻《もど》らない時間《じかん》を振《ふ》り返《かえ》りたかった。

『由仁《ゆに》ちゃん……』

『だからね。どうしてももう一度《いちど》、普通《ふつう》の女《おんな》の子《こ》だったころと同《おな》じように、学校《がっこう》に通《かよ》いたいって思《おも》ったの』

ぽろり、一粒《ひとつぶ》。大粒《おおつぶ》の涙《なみだ》が、お姉《ねえ》ちゃんの滑《なめ》らかな頬《ほお》を転《ころ》げ落《お》ちた。

『由仁《ゆに》が学校《がっこう》に行《い》きたい理由《りゆう》は大体《だいたい》わかった。けど……どうして隣町《となりまち》の学校《がっこう》なの？』

隣町《となりまち》まで、電車《でんしゃ》で一時間《いちじかん》くらいはかかる。今《いま》はお父《とう》さんたちが残《のこ》してくれた家《いえ》に住《す》んでいるけれど、隣町《となりまち》の中学校《ちゅうがっこう》に通《かよ》うってなったら引《ひ》っ越《こ》しをしなくちゃいけない。

わがままを言《い》ってることはわかってる。でも……。

『誰《だれ》も、私《わたし》を知《し》らないところに行《い》きたいんだ』

『え……？』

『自分《じぶん》で言《い》っちゃうけど、私《わたし》、学校《がっこう》の中《なか》では結構有名人《けっこうゆうめいじん》だったんだよ。強《つよ》いバスケ部《ぶ》の中《なか》で、一年生《いちねんせい》のときからレギュラーだったんだから！』

声《こえ》が震《ふる》えてしまわないよう、お腹《なか》に力《ちから》を込《こ》める。

『そんなやつがさ、いきなり学校《がっこう》に来《こ》なくなるなんて、怪《あや》しいじゃん。何《なに》かあったんだって、みんな思《おも》ったに決《き》まってる』

病気《びょうき》のことは学校《がっこう》のみんなには話《はな》さないよう、お姉《ねえ》ちゃんを通《つう》じて先生《せんせい》にお願《ねが》いしていた。

だけど、一年《いちねん》も休《やす》んでいれば、きっと何《なに》かしらの噂《うわさ》は流《なが》れている。

『さすがに気《き》まずいし、みんながびっくりするくらい痩《や》せちゃったし。通《かよ》ってた中学《ちゅうがく》に戻《もど》るのは無理《むり》だなって思《おも》って』

『由仁《ゆに》……』

『家《いえ》から通《かよ》えるほかの中学校《ちゅうがっこう》もあるけど、部活《ぶかつ》とか習《なら》い事《ごと》とかで、うちの中学校《ちゅうがっこう》の子《こ》とつながっちゃうと思《おも》うんだよね』

そしたら、私《わたし》がずっと休《やす》んでいたことが広《ひろ》まっちゃうかもしれない。

なんで休《やす》んでいたのかを聞《き》かれたら、私《わたし》はきっとうまく答《こた》えることができない。

『今《いま》の私《わたし》が普通《ふつう》の中学生《ちゅうがくせい》として学校《がっこう》に通《かよ》うには、遠《とお》くに行《い》くしかないって思《おも》ったの』

引《ひ》っ越《こ》しが必要《ひつよう》になるせいで、ただでさえ私《わたし》のせいでずれ込《こ》んでいる二人《ふたり》の結婚《けっこん》にも影響《えいきょう》を与《あた》えてしまうことはわかっていた。だけど……。

『今《いま》まで、いっぱいわがままを言《い》ってごめん。でも……これで最後《さいご》にするから』

正真正銘《しょうしんしょうめい》の、最後《さいご》のわがままだから。

『お願《ねが》いします。私《わたし》の願《ねが》いを……叶《かな》えてください』

そう言《い》いながら布団《ふとん》におでこがついちゃうくらい深《ふか》く頭《あたま》を下《さ》げて、私《わたし》の願《ねが》いは最終的《さいしゅうてき》に聞《き》き入《い》れられた。

このとき、言《い》わなかったことが一《ひと》つだけある。

それは、転校先《てんこうさき》の学校《がっこう》ではできるだけ一人《ひとり》でいるつもりだということ。友達《ともだち》を作《つく》らないこと。

だって、友達《ともだち》なんて作《つく》ってしまったら、別《わか》れがつらくなる。その子《こ》にもつらい思《おも》いをさせてしまう。

もうこれ以上誰《いじょうだれ》かに悲《かな》しい顔《かお》をさせたくなくて、私《わたし》は一人《ひとり》でいることを決《き》めた。

それからすぐに病院《びょういん》の先生《せんせい》とも話《はなし》をして、延命治療《えんめいちりょう》を受《う》けない意思《いし》を伝《つた》えた。

学校《がっこう》に行《い》きたいと思《おも》っていることも一緒《いっしょ》に伝《つた》えると、先生《せんせい》は顔《かお》をしかめたけれど、抗《こう》がん剤治療《ざいちりょう》をやめて体調《たいちょう》が安定《あんてい》したら、と言《い》ってくれた。

抗《こう》がん剤《ざい》をやめると毎日苦《まいにちく》しめられていた吐《は》き気《け》はなくなり、表面上《ひょうめんじょう》は元気《げんき》になった。

そのことを報告《ほうこく》するとやっぱり難《むずか》しい顔《かお》をされたけれど、先生《せんせい》は学校《がっこう》に通《かよ》うことを認《みと》めてくれた。

万《まん》が一《いち》の痛《いた》みを和《やわ》らげる薬《くすり》を何種類《なんしゅるい》か処方《しょほう》してもらい、先生《せんせい》も含《ふく》めて話《はな》し合《あ》って、通《かよ》う学校《がっこう》を決《き》めた。

近《ちか》くに大《おお》きな病院《びょういん》がある、隣町《となりまち》の学校《がっこう》だった。

治療《ちりょう》をやめてから髪《かみ》の毛《け》はまた生《は》えてきていたけれど、十分《じゅうぶん》な長《なが》さじゃなかったからウィッグを被《かぶ》ることにした。

病気《びょうき》がわかる前《まえ》と同《おな》じくらいの、セミロングのウィッグ。

圭《けい》くんの計《はか》らいで、学校《がっこう》から歩《ある》いてすぐのところにある三階建《さんかいだ》てのアパートには、お姉《ねえ》ちゃんと二人《ふたり》で暮《く》らすことになった。

そして、四月《しがつ》。

学校《がっこう》の前《まえ》の桜並木《さくらなみき》を歩《ある》きながら、感情《かんじょう》を心《こころ》の中《なか》の箱《はこ》に閉《と》じ込《こ》めて鍵《かぎ》をかけた。

友達《ともだち》なんて作《つく》らない。

ごく普通《ふつう》の学校生活《がっこうせいかつ》を一人《ひとり》で過《す》ごして、まわりに気《き》づかれることなく姿《すがた》を消《け》そう。

そう決《き》めて、私《わたし》は新《あたら》しい学校《がっこう》の門《もん》をくぐった。

残《のこ》された時間《じかん》は、あとわずか。

## 閉《と》じ込《こ》めた記憶《きおく》

休《やす》みが明《あ》けて、月曜日《げつようび》。

『またいつでもおいで』と言《い》ってくれた松風先生《まつかぜせんせい》に甘《あま》えて、私《わたし》は保健室《ほけんしつ》の扉《とびら》を叩《たた》いた。

だけど中《なか》からは慌《あわ》ただしそうな声《こえ》が返《かえ》ってきて、扉《とびら》を開《あ》けるとやっぱり先生《せんせい》は忙《いそが》しい様子《ようす》だった。

「あっ、早坂《はやさか》さん！」

「またここでお昼《ひる》ご飯《はん》を食《た》べさせてもらえたらと思《おも》って来《き》たんですけど……」

「あー、ごめん！　今《いま》からちょっと職員室《しょくいんしつ》に戻《もど》らないといけなくて」

カーディガンを羽織《はお》りながら、先生《せんせい》が申《もう》し訳《わけ》なさそうに言《い》う。

「そうですか……」

「あ、でもすぐ戻《もど》ってこられると思《おも》う。鍵《かぎ》はちゃんと閉《し》めていくし、ご飯《はん》はここで食《た》べてもらって大丈夫《だいじょうぶ》だよ」

先生《せんせい》の気《き》づかいに、遠慮《えんりょ》なく甘《あま》えさせてもらうことにした。

先生《せんせい》が出《で》ていったあと、机《つくえ》のそばに椅子《いす》を引《ひ》き寄《よ》せてそこに座《すわ》る。

机《つくえ》の上《うえ》に広《ひろ》げたお弁当《べんとう》は、お姉《ねえ》ちゃんが作《つく》ってくれたものだ。

イベント会社《がいしゃ》で働《はたら》くお姉《ねえ》ちゃんは、朝《あさ》が早《はや》くて夜《よる》は遅《おそ》いような生活《せいかつ》だけど、必《かなら》ずお弁当《べんとう》を作《つく》ってくれる。

自分《じぶん》で作《つく》るから無理《むり》しないでって言《い》ったこともあったけど、毎朝《まいあさ》お弁当《べんとう》は用意《ようい》されていた。

「おいしいなぁ……」

ふっと壁《かべ》にかけられている時計《とけい》を見上《みあ》げると、針《はり》はまだ十三時《じゅうさんじ》十分《じっぷん》を指《さ》していた。

お昼休《ひるやす》みは、三十分《さんじっぷん》までだ。

「先生《せんせい》、早《はや》く戻《もど》ってこないかなー」

――コンコン……。

ぽつりと言葉《ことば》をこぼしたのと、背後《はいご》の窓《まど》が軽《かる》く叩《たた》かれたのは、ほぼ同時《どうじ》。

びっくりして、思《おも》わず肩《かた》が跳《は》ねた。

「な、何《なに》……っ」

振《ふ》り返《かえ》ると、窓《まど》ガラスの向《む》こうに男《おとこ》の子《こ》が立《た》っていた。

真《ま》っ黒《くろ》な短《みじか》い髪《かみ》。切《き》れ長《なが》で奥二重《おくぶたえ》の目《め》に、きれいな鼻筋《はなすじ》。

あれ？　この人《ひと》、どこかで見《み》たことあるような……？

ぽかんとしていると、彼《かれ》の手《て》が再《ふたた》び窓《まど》を叩《たた》く。

ハッとして窓《まど》を開《あ》けると、彼《かれ》のものなのか、石《せっ》けんのような爽《さわ》やかな香《かお》りが風《かぜ》とともに入《はい》り込《こ》んできた。

「ありがと」

声変《こえが》わりを終《お》えたような低《ひく》い声《こえ》は少《すこ》しぶっきらぼうで、私《わたし》はちょっと身構《みがま》えてしまう。

そんな様子《ようす》に気《き》づいていないのか興味《きょうみ》がないのか、彼《かれ》はお構《かま》いなしに保健室《ほけんしつ》の中《なか》へと視線《しせん》を移《うつ》した。

「表《おもて》の札《ふだ》が不在《ふざい》になってたからダメ元《もと》で裏《うら》に回《まわ》ってきたんだけど。先生《せんせい》、いねぇの？」

「……今《いま》、職員室《しょくいんしつ》に行《い》ってて」

「あー、マジか。どうすっかなぁ、これ」

いっ、痛《いた》そう……！

胸《むね》の高《たか》さまで上《あ》げられた左腕《ひだりうで》の肘《ひじ》からは、砂混《すなま》じりの血《ち》が流《なが》れていた。

「先生《せんせい》って戻《もど》ってくる？」

「えっと、うん。そう言《い》ってた」

頷《うなず》くと、彼《かれ》は眉《まゆ》をきゅっと寄《よ》せた。

「止血《しけつ》したくてもティッシュとか持《も》ってなくて。このままだとシャツ汚《よご》れそうだし、中《なか》に入《い》れてもらえると助《たす》かるんだけど」

ええっ。お留守番《るすばん》をさせてもらってる私《わたし》が、ほかの生徒《せいと》を勝手《かって》に入《い》れちゃっていいのかな……。

少《すこ》し迷《まよ》ったけれど、まくられたシャツから伸《の》びる腕《うで》が痛々《いたいた》しくて、私《わたし》はまた頷《うなず》いて保健《ほけん》室《しつ》の鍵《かぎ》を開《あ》けに向《む》かったのだった。

「ありがとう」

再《ふたた》び廊下《ろうか》に回《まわ》った彼《かれ》は、気《け》だるそうに保健室《ほけんしつ》に入《はい》ってきた。

面《めん》と向《む》かうと、百五十五《ひゃくごじゅうご》センチの私《わたし》よりもはるかに背《せ》が高《たか》い。

「とりあえず、砂《すな》を流《なが》したほうがいいですよ。……ばい菌入《きんはい》ったら大変《たいへん》だし」

水道《すいどう》に視線《しせん》を移《うつ》しながら言《い》うと、彼《かれ》は素直《すなお》に頷《うなず》いた。

その拍子《ひょうし》に、ふわりと揺《ゆ》れた黒《くろ》い髪《かみ》。

……柔《やわ》らかそうだなぁ。

「高野《たかの》たちとサッカーしてたんだ」

傷口《きずぐち》を洗《あら》う水《みず》の音《おと》を椅子《いす》に座《すわ》ってぼんやり聞《き》いていると、低《ひく》い声《こえ》が静《しず》かに響《ひび》いた。

「ドリブルで抜《ぬ》こうとしたらあいつの足《あし》に引《ひ》っかかって、そのまま大転倒《だいてんとう》」

声《こえ》のするほうに視線《しせん》を向《む》けるけど、彼《かれ》の視線《しせん》は水道《すいどう》に落《お》とされたままだった。

淡々《たんたん》と進《すす》められる話《はなし》に、頭《あたま》がついていかない。

「女子《じょし》も何人《なんにん》か参加《さんか》してたし、今度早坂《こんどはやさか》も一緒《いっしょ》にやろう」

思《おも》わず、えっと声《こえ》が漏《も》れた。

「な、なんで私《わたし》の名前《なまえ》……」

「なんでって……同《おな》じクラスの早坂由仁《はやさかゆに》だろ?」

私《わたし》の質問《しつもん》に、彼《かれ》は怪訝《けげん》そうな顔《かお》をして答《こた》えた。

そうだ、この人《ひと》……！

「名良橋《ならはし》、くん」

〝どこかで見《み》たことあるような〟

ついさっき、窓《まど》の外《そと》に現《あらわ》れた彼《かれ》にそう思《おも》ったことを思《おも》い出《だ》す。

「うん、正解《せいかい》。知《し》ってたんだ、俺《おれ》の名前《なまえ》」

試《ため》すような目《め》で、彼《かれ》……名良橋由貴《ならはしゆき》くんは私《わたし》を見《み》た。

クラスでは一番賑《いちばんにぎ》やかなグループにいる。けれど、落《お》ちついた雰囲気《ふんいき》の名良橋《ならはし》くん。

なんで私《わたし》、すぐに気《き》づけなかったんだろう……。

「……で？　先生《せんせい》のいない保健室《ほけんしつ》に、なんで早坂《はやさか》がいるんだ？」

ペーパータオルで傷口《きずぐち》を押《お》さえながら、名良橋《ならはし》くんが聞《き》く。

視線《しせん》を泳《およ》がせて机《つくえ》の上《うえ》のランチバッグをちらりと見《み》た私《わたし》を、彼《かれ》は見逃《みのが》さなかった。

「この前《まえ》、一緒《いっしょ》に食《た》べないかってクラスのやつに誘《さそ》われてたよな？」

脳裏《のうり》に、声《こえ》をかけてくれた二人《ふたり》の姿《すがた》が浮《う》かぶ。

名良橋《ならはし》くん、見《み》てたんだ……。

「それ断《ことわ》って、こんなとこで飯食《めしく》ってんの？」

呆《あき》れたような声《こえ》とポーカーフェイス。

でも、視線《しせん》が鋭《するど》さを増《ま》したのは絶対《ぜったい》に気《き》のせいじゃない。

「なんか感《かん》じ悪《わる》いな、早坂《はやさか》」

長《なが》い息《いき》を吐《は》いて言《い》われた言葉《ことば》は、私《わたし》の心《こころ》を深《ふか》く刺《さ》した。

感《かん》じ悪《わる》いとか……そんなの、私《わたし》だってわかってるもん。

でも、しょうがないじゃんか。

もうすぐ、死《し》んじゃうんだから。

……しょうがないじゃんか。

「そんなこと、名良橋《ならはし》くんに言《い》われる筋合《すじあ》いないよ」

鼻《はな》の奥《おく》がツンとしたのを我慢《がまん》して、名良橋《ならはし》くんを睨《にら》んだ。

もう教室《きょうしつ》に戻《もど》ろう。そう思《おも》ってランチバッグを掴《つか》んだ瞬間《しゅんかん》、扉《とびら》が勢《いきお》いよく開《ひら》かれた。

「ごめん早坂《はやさか》さん、遅《おそ》くなっちゃったー……って、何《なに》？　この空気《くうき》」

中《なか》に入《はい》ってきた松風先生《まつかぜせんせい》は、部屋《へや》の中《なか》に流《なが》れるピリついた空気《くうき》を一瞬《いっしゅん》で感《かん》じ取《と》ったらしい。

「……なんでもないです。もうすぐ予鈴《よれい》鳴《な》るし、もう戻《もど》ります」

先生《せんせい》と入《い》れ替《か》わるようにして、スタスタと扉《とびら》を目指《めざ》す。

扉《とびら》まであと一歩《いっぽ》、というところで、私《わたし》はぴたりと歩《あゆ》みを止《と》めた。

腹立《はらた》つ。腹立《はらた》つけど……。

「彼《かれ》、ケガしてるので診《み》てあげてください」

「えっ、ケガ？　うわっ、ほんとだ。どうしたのそれ！」

先生《せんせい》の驚《おどろ》く声《こえ》を背中《せなか》に聞《き》きながら、私《わたし》は今度《こんど》こそ保健室《ほけんしつ》を出《で》た。


「早坂《はやさか》」

終礼《しゅうれい》のあと教科書《きょうかしょ》を整理《せいり》していると、聞《き》き覚《おぼ》えのある声《こえ》で名前《なまえ》を呼《よ》ばれた。名良橋《ならはし》くんの声《こえ》だということは、もうわかる。

なんで声《こえ》かけてくるの……!?

「おーい、無視《むし》すんなよ。感《かん》じわりーぞ」

困惑《こんわく》しながらも手《て》を動《うご》かし続《つづ》けていると、頭上《ずじょう》からまた声《こえ》が降《ふ》ってきた。

な……なんなの⁉　まわりにはまだクラスメートがたくさんいるのに、いったいなんの嫌《いや》がらせ⁉

目《め》に力《ちから》を込《こ》めて顔《かお》を上《あ》げると、机《つくえ》の前《まえ》に立《た》っていた名良橋《ならはし》くんと目《め》が合《あ》う。

名良橋《ならはし》くんはちょっとびっくりした顔《かお》をして、それからにやりと口角《こうかく》を上《あ》げた。

「やっとこっち見《み》た」

乗《の》せられたと気《き》づいたときには、もう遅《おそ》かった。

「ほら、行《い》くぞ」

「え……っ⁉」

名良橋《ならはし》くんはケガをしていたはずの左手《ひだりて》で私《わたし》の腕《うで》を掴《つか》み、教室《きょうしつ》を飛《と》び出《だ》した。

名良橋《ならはし》くんに連《つ》れてこられたのは、誰《だれ》もいない体育館《たいいくかん》だった。

ダンダンと規則的《きそくてき》なリズムで、体育倉庫《たいいくそうこ》から取《と》り出《だ》したバスケットボールをつく名良橋《ならはし》くん。

体《からだ》に響《ひび》く音《おと》が、振動《しんどう》が、私《わたし》の胸《むね》を強《つよ》く締《し》めつけた。

「なんで体育館《たいいくかん》なんかに……」

「今日《きょう》、職員会議《しょくいんかいぎ》で全部《ぜんぶ》の部活《ぶかつ》が休《やす》みなんだ。誰《だれ》もいないかもと思《おも》ったんだけど、ビンゴだったな」

私《わたし》が聞《き》きたいのは、そういうことじゃないんけど……。

入《い》り口《ぐち》で立《た》ち尽《つ》くしていると、名良橋《ならはし》くんがシュートを打《う》った。放《はな》たれたボールは、きれいな弧《こ》を描《えが》いてリングに吸《す》い込《こ》まれていく。

「……名良橋《ならはし》くんって、バスケ部《ぶ》なの？」

「うん。小学校《しょうがっこう》のころからやってる」

転《ころ》がるボールを拾《ひろ》い上《あ》げ、今度《こんど》はゴール下《した》からシュートを打《う》つ。ボードに当《あ》たって、またネットが揺《ゆ》れた。

「俺《おれ》、落《お》ち込《こ》んだときとか、バスケのことだけ考《かんが》えるようにしてんだ。体動《からだうご》かしてる間《あいだ》は、嫌《いや》なことも忘《わす》れられるっていうか」

今度《こんど》は、レイアップ。高《たか》さのあるきれいなフォームで、これもやっぱり決《き》まった。

「早坂《はやさか》も打《う》ってみろよ。決《き》まったら気持《きも》ちいいぞ」

早坂《はやさか》もって……。名良橋《ならはし》くんには、私《わたし》が嫌《いや》なことをかかえてるように見《み》えたの……？

「ほら」

名良橋《ならはし》くんの声《こえ》とともに、山《やま》なりのボールが飛《と》んでくる。

反射《はんしゃ》でそれをキャッチして、よければよかったとすぐに後悔《こうかい》した。

ちょっとざらついた、一年《いちねん》ぶりの感触《かんしょく》。バスケットボールならではの重《おも》み。

「……っ」

思《おも》い出《だ》してしまう。

耳《みみ》にこびりついて離《はな》れない、バッシュのキュッて音《おと》。

忘《わす》れたくても忘《わす》れられない、シュートが決《き》まったときの快感《かいかん》。

思《おも》い出《だ》したって、二度《にど》と取《と》り戻《もど》すことはできないのに……。

「……帰《かえ》る」

「え、ちょっと早坂《はやさか》！」

捨《す》てるようにボールを手放《てばな》し、体育館《たいいくかん》を出《で》た。

呼《よ》び止《と》める名良橋《ならはし》くんの声《こえ》から逃《に》げるようにして、体育館《たいいくかん》と校舎《こうしゃ》とをつなぐ渡《わた》り廊下《ろうか》をずんずん歩《ある》く。

名良橋《ならはし》くんのバカ。

自分《じぶん》のストレス解消法《かいしょうほう》を他人《たにん》に押《お》しつけないでよ。

もしかしたらバスケを嫌《きら》いな人《ひと》だっているかもしれないでしょ。

バスケが大好《だいす》きでしょうがなくて……、でも諦《あきら》めるしかなかった人《ひと》もいるかもしれないでしょ。

みんなもう帰《かえ》ったのか、あたりに人《ひと》はいない。

長《なが》い廊下《ろうか》を歩《ある》き、壁《かべ》に突《つ》き当《あ》たったところで崩《くず》れるようにしゃがみ込《こ》む。

「……っ」

思《おも》い出《だ》しそうになったバスケへの想《おも》いを閉《と》じ込《こ》めようと、ぎゅっと目《め》を瞑《つむ》った。

# オレンジ色《いろ》の背中《せなか》

「親睦会《しんぼくかい》しない？」

そんな言葉《ことば》が教室《きょうしつ》に響《ひび》き渡《わた》ったのは、名良橋《ならはし》くんとの一件《いっけん》があってから三日後《みっかご》のことだった。

顔《かお》を上《あ》げると、教卓《きょうたく》に立《た》った男子生徒《だんしせいと》の姿《すがた》が目《め》につく。

確《たし》か……名良橋《ならはし》くんとよく一緒《いっしょ》にいる、高野修平《たかのしゅうへい》くんだ。

「駅前《えきまえ》のファミレスでしようかなって思《おも》うんだけど、どう？」

彼《かれ》の呼《よ》びかけに、クラスのムードが一気《いっき》に高《たか》まった。

「いいじゃん、楽《たの》しそう！」

「中学最後《ちゅうがくさいご》だし、もっと仲良《なかよ》くなりたいよね」

クラス中《じゅう》が盛《も》り上《あ》がる中《なか》、私《わたし》は慌《あわ》てて席《せき》を立《た》つ。

早足《はやあし》で教室《きょうしつ》を出《で》ようとしたところで、誰《だれ》かに肩《かた》を掴《つか》まれた。

あ……私《わたし》、この手《て》を知《し》ってる。

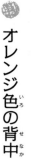

「名良橋《ならはし》……くん」

振《ふ》り返《かえ》ると、バスケ部《ぶ》のリュックを背負《せお》った名良橋《ならはし》くんがいた。NBA《エヌビーエー》のチームのキーホルダーが、ショルダーストラップにぶら下《さ》がって揺《ゆ》れている。

「どこ行《い》くんだよ。話《はなし》、まだ終《お》わってねーだろ」

「どこって……帰《かえ》るんだよ。私《わたし》には関係《かんけい》ないもん」

「なんで。早坂《はやさか》もクラスの一員《いちいん》なのに」

肩《かた》を掴《つか》む力《ちから》がぐっと強《つよ》くなる。

放《はな》っておいてほしいのに、どうしてこんなに絡《から》んでくるの……？

「ちょっと、名良橋《ならはし》！　女《おんな》の子《こ》に気安《きやす》く触《さわ》っちゃダメでしょ！」

名良橋《ならはし》くんの陰《かげ》から、二人《ふたり》の女《おんな》の子《こ》が現《あらわ》れる。

一人《ひとり》は、長《なが》い髪《かみ》をお団子《だんご》にまとめたきれいな子《こ》。もう一人《ひとり》は、くりくりの目《め》をしたかわいらしい子《こ》。

どちらも、名良橋《ならはし》くんたちと一緒《いっしょ》にいるのをよく見《み》る。

彼女《かのじょ》たちの登場《とうじょう》に戸惑《とまど》っていると、くりくりの目《め》が私《わたし》を映《うつ》した。

「行《い》こうよ、早坂《はやさか》さん！」

「私《わたし》たち、早坂《はやさか》さんと話《はな》してみたいってずっと思《おも》ってたんだー」

まっすぐな笑顔《えがお》を向《む》けられて、言葉《ことば》に詰《つ》まった。

お昼《ひる》ご飯《はん》を一緒《いっしょ》に食《た》べようって、誘《さそ》ってくれた子《こ》がいたこと。

クラスの一員《いちいん》だって名良橋《ならはし》くんが言《い》ってくれたこと。

転校《てんこう》してきてからずっと一人《ひとり》でいる私《わたし》と、話《はな》したいと彼女《かのじょ》たちが言《い》ってくれたこと。

本当《ほんとう》は全部《ぜんぶ》、うれしいと感《かん》じてる自分《じぶん》がいる。

「わ、私《わたし》……」

喉《のど》の奥《おく》に詰《つ》まった言葉《ことば》をこぼしてしまいそうになったとき、生《なま》ぬるい風《かぜ》が窓《まど》から吹《ふ》き込《こ》んできた。

肌《はだ》にまとわりつくようなそれは、すぐそこに控《ひか》える夏《なつ》を思《おも》い起《お》こさせる。

「……っ！」

ダメだ。伸《の》ばされた手《て》を取《と》る資格《しかく》なんて、私《わたし》にはないのに。

「……ごめん。うち、親《おや》が厳《きび》しくて。まっすぐ家《いえ》に帰《かえ》ってこいって言《い》われてるから……」

「そっかぁ。……あ、じゃあさ！　学校《がっこう》のない日《ひ》にしようよ」

お団子《だんご》ヘアの女《おんな》の子《こ》が、大《おお》きめの声《こえ》で「どう？」と教卓前《きょうたくまえ》の高野《たかの》くんに訊《たず》ねる。

それを聞《き》いた高野《たかの》くんは、笑顔《えがお》のまま声《こえ》を弾《はず》ませた。

「そうだね。休《やす》みの日《ひ》のほうが、みんな時間《じかん》も合《あ》わせやすいだろうし」

「平日《へいじつ》は部活《ぶかつ》があるもんなー」

「一日練習《いちにちれんしゅう》じゃなかったら途中《とちゅう》から参加《さんか》できるから、ありがたいかも」

教室内《きょうしつない》のあちこちから賛同《さんどう》の声《こえ》が上《あ》がり、話《はなし》はとんとん拍子《びょうし》に進《すす》んでいく。

その様子《ようす》を呆然《ぼうぜん》と眺《なが》めていると、ふいに頭《あたま》に手《て》が乗《の》せられた。

「決《き》まりだな」

満足《まんぞく》そうに言《い》った名良橋《ならはし》くんは、私《わたし》の横《よこ》を通《とお》りすぎて教室《きょうしつ》を出《で》ていく。

「早坂《はやさか》さん⁉」

彼女《かのじょ》たちの声《こえ》を背中《せなか》に聞《き》きながら、私《わたし》は慌《あわ》てて名良橋《ならはし》くんを追《お》いかけた。

とはいえ、激《はげ》しい運動《うんどう》を禁止《きんし》されていて走《はし》れないので、なかなか距離《きょり》は縮《ちぢ》まらない。

「名良橋《ならはし》くん！」

いつまでも追《お》いつけないので、体育館《たいいくかん》へとつながる廊下《ろうか》に差《さ》しかかったところで声《こえ》をかけた。

声《こえ》にいらだちが交《ま》じってしまったけれど、振《ふ》り返《かえ》った彼《かれ》は、いつもどおりのポーカー

フェイス。

「何《なに》？」

「何《なに》って……私《わたし》が嫌《いや》がってること、気《き》づいてたんでしょ⁉」

私《わたし》が声《こえ》を荒《あら》げても、名良橋《ならはし》くんは表情《ひょうじょう》を変《か》えない。それどころか、不機嫌《ふきげん》そうに顔《かお》をしかめた。

「早坂《はやさか》さ、何《なに》をそんなに避《さ》けてんの？」

名良橋《ならはし》くんの黒《くろ》い瞳《ひとみ》が、まっすぐに私《わたし》を見《み》つめる。静《しず》かに、青《あお》い焔《ほのお》を宿《やど》したような目《め》が。

「そんなふうに早坂《はやさか》が逃《に》げてばっかだから、見《み》っててイライラするんだよ」

言《い》われて、顔《かお》がかっと熱《あつ》くなったのがわかった。

「名良橋《ならはし》くんには、関係《かんけい》ないじゃん……」

私《わたし》が一人《ひとり》ぼっちでいたって、名良橋《ならはし》くんにはなんの迷惑《めいわく》もかからないはずなのに。

同《おな》じ教室《きょうしつ》で同《おな》じ授業《じゅぎょう》を受《う》ける、それだけの関係性《かんけいせい》でいいはずなのに。

「……私《わたし》、親睦会《しんぼくかい》なんて絶対《ぜったい》に行《い》かないから」

名良橋《ならはし》くんを睨《にら》みつけてから、元来《もとき》た道《みち》を歩《ある》いて戻《もど》る。

乱暴《らんぼう》に投《な》げつけた最後《さいご》の言葉《ことば》がなんだか負《ま》けゼリフのように思《おも》えて、余計《よけい》に腹《はら》が立《た》った。

朝《あさ》、憂鬱《ゆううつ》な気持《きも》ちで教室《きょうしつ》に入《はい》ろうとした私《わたし》の元《もと》に、高野《たかの》くんがやってきた。

「おはよ、早坂《はやさか》さん！」

「お……おはよう」

思《おも》いがけず眩《まぶ》しい笑顔《えがお》を向《む》けられて、まだ寝《ね》ぼけていた頭《あたま》がクリアになる。

「昨日《きのう》言《い》ってた親睦会《しんぼくかい》なんだけど、夜《よる》のうちにクラスの連絡用《れんらくよう》のグループで話《はな》し合《あ》って、来週《らいしゅう》の土曜日《どようび》のお昼過《ひるす》ぎからに決《き》まったんだ」

「……そう、なんだ」

「グループに早坂《はやさか》さんがいなかったから確認《かくにん》を取《と》れなかったんだけど、どうかな？」

高野《たかの》くんの問《と》いかけに、私《わたし》は首《くび》を横《よこ》に振《ふ》る。

「ごめん、その日《ひ》は予定《よてい》があって」

これは本当《ほんとう》。私《わたし》の記憶《きおく》が間違《まちが》ってなければ、その日《ひ》は病院《びょういん》に行《い》くことになっている。

「残念《ざんねん》。その予定《よてい》って、もしかしてデートとかだったりする？」

予想《よそう》の斜《なな》め上《うえ》を行《い》くワードが飛《と》んできて、思《おも》わず笑《わら》ってしまう。

「残念《ざんねん》ながら、ただの通院《つういん》です」

「え、どっか悪《わる》いの？」

「私《わたし》、貧血持《ひんけつも》ちなんだ。その薬《くすり》を貰《もら》いに行《い》くの」

これは、前々《まえまえ》から用意《ようい》していた答《こた》えだ。

体育《たいいく》の授業《じゅぎょう》を見学《けんがく》する表向《おもてむ》きの理由《りゆう》は、貧血《ひんけつ》ということになっている。

「そっか、じゃあ仕方《しかた》ないね。駅前《えきまえ》のファミレスでやるから、もし時間《じかん》あったら来《き》てよ」

「……うん、わかった」

太陽《たいよう》みたいな高野《たかの》くんに、心《こころ》の中《なか》でごめんねと謝《あやま》る。

時間《じかん》はあるけど、行《い》けないよ。

せっかく声《こえ》をかけてくれたのに、ごめんね。

紹介状《しょうかいじょう》を書《か》いてもらって新《あら》たに通《かよ》い始《はじ》めた病院《びょういん》は、駅《えき》を挟《はさ》んで家《いえ》とは反対側《はんたいがわ》にある。病院《びょういん》にはお姉《ねえ》ちゃんが休《やす》みを調整《ちょうせい》してついてきてくれるので、検診《けんしん》のあと、遅《おそ》めのランチを食《た》べようと病院近《びょういんちか》くのカフェに入《はい》った。

「いけない。もうこんな時間《じかん》だ」

腕時計《うでどけい》を確認《かくにん》したお姉《ねえ》ちゃんが声《こえ》を上《あ》げる。

今日《きょう》は調子《ちょうし》がよかったので、デザートまで注文《ちゅうもん》してついつい話《はな》し込《こ》んでしまった。

「ごめんね、由仁《ゆに》。帰《かえ》り、一人《ひとり》で大丈夫《だいじょうぶ》？」

「大丈夫《だいじょうぶ》だよ。久《ひさ》しぶりに圭《けい》くんに会《あ》えるんだし、ゆっくりしてきて」

最近《さいきん》、忙《いそが》しくてなかなか会《あ》えていないお姉《ねえ》ちゃんと圭《けい》くん。久《ひさ》しぶりのデートにお姉《ねえ》ちゃんを送《おく》り出《だ》して、私《わたし》は帰路《きろ》についた。

誰《だれ》かと過《す》ごした時間《じかん》が楽《たの》しいだけ、一人《ひとり》になると寂《さみ》しくなる。

とぼとぼとした足取《あしど》りで五分《ごふん》ほど歩《ある》いて駅《えき》を越《こ》え、駅前《えきまえ》の大通《おおどお》りに出《で》たとき。

道《みち》の向《む》こうにあるファミリーレストランの中《なか》に、クラスメートの姿《すがた》を見《み》つけた。

「あ……」

親睦会《しんぼくかい》って今日《きょう》だったっけ……。

考《かんが》えないようにしていたから、すっかり忘《わす》れてた。

店内《てんない》にいる彼《かれ》らはみんな楽《たの》しそうで心《こころ》がチクリと痛《いた》んだけれど、その痛《いた》みに気《き》づかないふりをして再《ふたた》び歩《ある》き出《だ》した。

……行《い》かなくてよかったんだよ。

今日《きょう》の診察《しんさつ》で、先生《せんせい》はわずかに表情《ひょうじょう》を曇《くも》らせた。

それは、病気《びょうき》が確実《かくじつ》に進行《しんこう》しているということだ。

道《みち》を曲《ま》がると、景色《けしき》は一気《いっき》に住宅街《じゅうたくがい》になる。

人通《ひとどお》りのまばらな道《みち》を歩《ある》き進《すす》め、交差点《こうさてん》を二《ふた》つ過《す》ぎれば家《いえ》、というところで背後《はいご》に気配《けはい》を感《かん》じた。

なんだか嫌《いや》な予感《よかん》がして、歩《ある》くスピードを上《あ》げる。

けど、重《かさ》なるもう一《ひと》つの足音《あしおと》も、同《おな》じように速度《そくど》を上《あ》げた。

な……何《なに》!?

怖《こわ》くなって駆《か》け足《あし》になりかけたそのとき。

「早坂《はやさか》」

聞《き》き覚《おぼ》えのある声《こえ》に名前《なまえ》を呼《よ》ばれた。

びっくりして振《ふ》り返《かえ》ると、オレンジ色《いろ》の空《そら》を背《せ》にした部活《ぶかつ》ジャージ姿《すがた》の名良橋《ならはし》くんが立《た》っていた。

「な……なんで名良橋《ならはし》くんがここにいるのよぅ……」

強《つよ》めに言《い》ったつもりが、出《で》た声《こえ》は弱々《よわよわ》しかった。

そんな私《わたし》の様子《ようす》に気《き》づく素振《そぶ》りもなく、歩《あゆ》み寄《よ》って私《わたし》との距離《きょり》を縮《ちぢ》める名良橋《ならはし》くん。

「なんでって……ファミレスから早坂《はやさか》っぽい人《ひと》が見《み》えたから」

「だ、だったらもう少《すこ》し早《はや》く声《こえ》かけてよ……!」

抗議《こうぎ》すると、驚《おどろ》かせたことに気《き》がついたらしい名良橋《ならはし》くんは「ごめん」と素直《すなお》に謝《あやま》ってくれた。

「こんなとこで何《なに》してんの?」

バツが悪《わる》そうな顔《かお》のまま、名良橋《ならはし》くんが聞《き》いてくる。

「出《で》かけてて、今《いま》から帰《かえ》るところ」

「まだ時間早《じかんはや》いじゃん」

親睦会《しんぼくかい》に来《こ》れるだろ、と名良橋《ならはし》くんの表情《ひょうじょう》が言《い》っている。

時間《じかん》あったら来《き》てよ、という高野《たかの》くんの優《やさ》しい切《き》り上《あ》げ方《かた》がここにきて痛《いた》い。

「親《おや》が厳《きび》しいんだって」

「じゃあ俺《おれ》が説得《せっとく》してやるよ」

は、はぁぁぁ!?

家《いえ》こっち？　と言《い》って歩《ある》き出《だ》す名良橋《ならはし》くんの夕日《ゆうひ》に照《て》らされた背中《せなか》を、慌《あわ》てて追《お》いかける。

「ちょっと、勝手《かって》に話進《はなしすす》めないでよ！」

「親《おや》が原因《げんいん》なんだろ？　クラス行事《ぎょうじ》なんですって説明《せつめい》して、納得《なっとく》してもらえたら参加《さんか》できんじゃん」

なんでそこまでしようとするの……!?

名良橋《ならはし》くんのジャージの裾《すそ》を力《ちから》いっぱい引《ひ》っ張《ぱ》って、名良橋《ならはし》くんを引《ひ》き留《と》める。

「離《はな》せよ」

「やだよ。離《はな》したら、勝手《かって》に行《い》っちゃうでしょ」

「よくわかってんじゃん」

「褒《ほ》められても一《いち》ミリもうれしくないんですけど」

ジロリと睨《にら》むと、名良橋《ならはし》くんがふっと笑《わら》った。

初《はじ》めて見《み》る笑顔《えがお》に、思《おも》わず息《いき》をのむ。

「早坂《はやさか》さ、もっとほかのやつらと絡《から》んでいけよ。早坂《はやさか》なら絶対《ぜったい》すぐに打《う》ち解《と》けられるし、楽《たの》しいぞ」

いつになく優《やさ》しい声《こえ》が柔《やわ》らかく響《ひび》く。

やめてよ、そんなこと言《い》うの。

心《こころ》にかけた鍵《かぎ》を、真正面《ましょうめん》から壊《こわ》しに来《こ》ないでよ。

「……余計《よけい》なお世話《せわ》だよ」

ぐっと唇《くちびる》を噛《か》んで、声《こえ》を絞《しぼ》り出《だ》す。

「私《わたし》は、打《う》ち解《と》けたいなんて思《おも》ってない！」

掴《つか》んでいた手《て》を乱暴《らんぼう》に離《はな》し、すぐそこに見《み》えていたアパートまで走《はし》る。走《はし》ることは禁止《きんし》されているけれど、そんなことを考《かんが》える余裕《よゆう》はなかった。

かされる。

「早坂《はやさか》!?」

驚《おどろ》いたように名前《なまえ》を呼《よ》ぶ名良橋《ならはし》くんの声《こえ》がして、彼《かれ》から逃《に》げてばかりいることに気《き》づかされる。

オートロックを開《あ》けて建物《たてもの》の中《なか》に入《はい》ると、名良橋《ならはし》くんの声《こえ》は聞《き》こえなくなった。

そのことにほっとして、でも、ちょっとがっかりした。

「……バカだなぁ、私《わたし》」

友達《ともだち》なんて作《つく》らないって、私自身《わたしじしん》が決《き》めたのに。

『早坂《はやさか》なら絶対《ぜったい》すぐに打《う》ち解《と》けられるし、楽《たの》しいぞ』

穏《おだ》やかに紡《つむ》がれた言葉《ことば》が、オレンジ色《いろ》に染《そ》まる広《ひろ》い背中《せなか》が、頭《あたま》に焼《や》きついて離《はな》れない。

「……っ」

目《め》の奥《おく》が熱《あつ》くなって、漏《も》れそうになる声《こえ》を噛《か》み殺《ころ》しながら、それらをかき消《け》す方法《ほうほう》を必死《ひっし》に探《さが》したんだ。

## 優《やさ》しくて残酷《ざんこく》な嘘《うそ》

祝日《しゅくじつ》の振《ふ》り替《か》え休日《きゅうじつ》が明《あ》けて、火曜日《かようび》。

「今日外練《きょうそとれん》かー。嫌《いや》だなー」

「何回目《なんかいめ》だよ、それ言《い》うの」

「だって外周《がいしゅう》あるじゃん。ローラースケート履《は》きたい」

「どこにローラースケート履《は》いて外周《がいしゅう》するやつがいるんだバカ」

教室《きょうしつ》の真《ま》ん中《なか》でテンポのいい会話《かいわ》を繰《く》り広《ひろ》げているのは、名良橋《ならはし》くんと高野《たかの》くんだ。

目立《めだ》つ二人《ふたり》だから、まわりにいるクラスメートもその様子《ようす》を見《み》てクスクス笑《わら》っている。

「もうさ、適当《てきとう》に嘘《うそ》ついてサボろうぜ」

「ふざけんな、行《い》くぞ」

高野《たかの》くんの首根《くびね》っこを名良橋《ならはし》くんが掴《つか》み、彼《かれ》らはズルズルと教室《きょうしつ》を出《で》ていった。

「頑張《がんば》れー」と教室内《きょうしつない》から声《こえ》が飛《と》ぶ。「コケんなよ」という低《ひく》い声《こえ》の揶揄《やゆ》も。

今日一日《きょういちにち》を過《す》ごす中《なか》で、クラスの仲《なか》が深《ふか》まったのを感《かん》じた。

これも、親睦会《しんぼくかい》のおかげなのかな……。

名良橋《ならはし》くんたちがいなくなったあとも、楽《たの》しげな空気《くうき》はそのままだ。

カバンを持《も》って廊下《ろうか》に出《で》たとき、初《はじ》めて自分《じぶん》が息《いき》を止《と》めていたことに気《き》がついた。


昇降口《しょうこうぐち》を目指《めざ》して廊下《ろうか》を歩《ある》く。

その角《かど》を曲《ま》がれば靴箱《くつばこ》……というところで、ふいに自分《じぶん》の名前《なまえ》が聞《き》こえた気《き》がした。

反射的《はんしゃてき》に足《あし》を止《と》めると、〝気《き》がした〟のが確信《かくしん》に変《か》わる。

「え、じゃああのとき、早坂《はやさか》さんを見《み》かけたからファミレス飛《と》び出《だ》してったの？」

声《こえ》の主《ぬし》は高野《たかの》くんで、その声《こえ》は角《かど》の向《む》こうから聞《き》こえた。

そうだ、体育館《たいいくかん》へは昇降口《しょうこうぐち》の前《まえ》を通《とお》らないと行《い》けないんだった……。

よほど外周《がいしゅう》が嫌《いや》なのか、彼《かれ》らの歩《あゆ》みはカメほど遅《おそ》い。

追《お》い抜《ぬ》かして帰《かえ》りたいけど、出《で》ていきづらいな……。

「あぁ。用事《ようじ》が済《す》んだなら親睦会《しんぼくかい》に来《こ》いよって声《こえ》かけに行《い》ったんだ。そのあとも予定《よてい》があったみたいで、断《ことわ》られたけどな」

え……？　どうして嘘《うそ》を……。

「珍《めずら》しいな、名良橋《ならはし》がそこまで他人《たにん》を気《き》にかけるの」

「……重《かさ》なって見《み》えるんだよ」

高野《たかの》くんが不思議《ふしぎ》そうに訊《たず》ねると、名良橋《ならはし》くんは少《すこ》し間《ま》を置《お》いて口《くち》を開《ひら》いた。

「危《あぶ》なっかしさとか儚《はかな》さとか……なんかわかんねぇけど、そういうのが、いなくなる前《まえ》の梨《り》央《お》と重《かさ》なって、ほっとけねーんだ」

苦《くる》しそうに絞《しぼ》り出《だ》された名良橋《ならはし》くんの声《こえ》を最後《さいご》に、二人《ふたり》の会話《かいわ》が遠《とお》のいていく。

〝梨央《りお》〟って、誰《だれ》？　いなくなったってどういうこと？　その人《ひと》に重《かさ》なるから、私《わたし》に構《かま》うの……？

思《おも》いがけず盗《ぬす》み聞《ぎ》きしてしまった会話《かいわ》に、たくさんのハテナが浮《う》かぶ。

昇降口《しょうこうぐち》はすぐそこなのに、しばらくその場《ば》から動《うご》くことができなかった。


一度《いちど》出《で》た校門《こうもん》を再《ふたた》びくぐったのは、ずいぶんと日《ひ》が傾《かたむ》いたころ。

いったん家《いえ》に帰《かえ》ったものの、明日提出《あしたていしゅつ》の数学《すうがく》のワークをロッカーに忘《わす》れてしまったことに気《き》がついて、取《と》りに戻《もど》ってきたのだ。

「……あった」

放課後《ほうかご》の教室《きょうしつ》には誰《だれ》もいなかった。運動部《うんどうぶ》のかけ声《ごえ》や、吹奏楽部《すいそうがくぶ》が奏《かな》でる楽器《がっき》の音《おと》がどこかから聞《き》こえてくる。

ワークを手《て》に昇降口《しょうこうぐち》を目指《めざ》して歩《ある》いていると、保健室《ほけんしつ》の前《まえ》を通《とお》りがかったあたりで向《む》こうから歩《ある》いてくる人物《じんぶつ》と目《め》が合《あ》った。

「あれ。なんでまだいんの？」

不思議《ふしぎ》そうに首《くび》をかしげたのは名良橋《ならはし》くんで、おでこには汗《あせ》が滲《にじ》んでいる。

気《き》まずいけど、さすがにここで無視《むし》はできない……。

「宿題《しゅくだい》、忘《わす》れて帰《かえ》っちゃって」

「取《と》りに戻《もど》ってきたのか？　真面目《まじめ》だな」

「……名良橋《ならはし》くんこそ。ローラースケートで外周《がいしゅう》してたんじゃなかったの？」

聞《き》き返《かえ》すと、名良橋《ならはし》くんは目《め》を丸《まる》くして私《わたし》を見《み》た。

「あれ、聞《き》いてたのか。ローラースケートは高野《たかの》だけだっての」

「いいじゃん、友達《ともだち》なら一緒《いっしょ》にやってあげなよ」

「ぜってーやだ」

彼《かれ》は並《なら》びのいい白《しろ》い歯《は》を見《み》せて、楽《たの》しそうにケラケラと笑《わら》う。

名良橋《ならはし》くんのこんな笑顔《えがお》を見《み》るの、初《はじ》めてかもしれない。

いつもは大人《おとな》びて見《み》えるけど、こんなふうに、子《こ》どもっぽくも笑《わら》うんだ……。

「外周《がいしゅう》のあとのパス練《れん》で突《つ》き指《ゆび》したんだ。みんな練習中《れんしゅうちゅう》だし自分《じぶん》でもうまくできなかったから、保健室《ほけんしつ》でテーピングしてもらおうと思《おも》って来《き》たんだけど……」

視線《しせん》が向《む》けられた先《さき》の保健室《ほけんしつ》の扉《とびら》には、【不在《ふざい》】の文字《もじ》。

「……名良橋《ならはし》くんが保健室《ほけんしつ》に来《く》ると、いつも先生《せんせい》いないね」

「言《い》うなよ、俺《おれ》も今同《いまおな》じこと思《おも》ってたけど」

がっかりしたような様子《ようす》で、名良橋《ならはし》くんが息《いき》を吐《は》く。

「今日《きょう》は顧問《こもん》の先生《せんせい》いないし、自分《じぶん》でやるしかねーか……」

諦《あきら》めたように左手《ひだりて》に視線《しせん》を落《お》とした名良橋《ならはし》くん。

べつに私《わたし》には関係《かんけい》ないし、スルーして帰《かえ》ればいい。

頭《あたま》ではわかってるのに……。

「私《わたし》、やってあげようか……？」

出中

思《おも》わず口《くち》をついて出《で》た言葉《ことば》に、目《め》を見開《みひら》いた名良橋《ならはし》くん以上《いじょう》に私《わたし》がびっくりした。

テーピングはカバンの中《なか》にあると言《い》うので、名良橋《ならはし》くんのあとをついて部室《ぶしつ》に入《はい》る。

室内《しつない》は部員《ぶいん》たちの荷物《にもつ》やボールバッグなんかで溢《あふ》れ返《かえ》っていて、なんだか懐《なつ》かしい気持《きも》ちになった。

「これ、頼《たの》む」

差《さ》し出《だ》されたベージュのテーピングと大《おお》きめのハサミを受《う》け取《と》る。

「言《い》っとくけど、下手《へた》だからね。あとで文句言《もんくい》わないでよ」

「言《い》わねーよ。助《たす》かる」

差《さ》し出《だ》された左手《ひだりて》の小指《こゆび》に長《なが》さを合《あ》わせ、テーピングを切《き》る。

名良橋《ならはし》くんの手《て》、大《おお》きいな。当《あ》たり前《まえ》だけど、私《わたし》とはぜんぜん違《ちが》う。

「早坂《はやさか》ってテーピングできるんだな。びっくりした」

「……まぁ、一応《いちおう》ね」

まずい。テーピングの巻《ま》き方《かた》を知《し》ってるなんて、大体《だいたい》がスポーツ経験者《けいけんしゃ》のはずだ。

少《すく》なくとも、私《わたし》のまわりはそうだった。

なんのスポーツをやっていたか聞《き》かれたら、うまく答《こた》えられないよ。

聞《き》かれる前《まえ》に話《はなし》を変《か》えようと、話題《わだい》を探《さが》す。

「た、高野《たかの》くんもバスケ部《ぶ》なんだっけ？」

「うん。あいつとは、小学校《しょうがっこう》から一緒《いっしょ》のチーム」

切《き》ったテーピングを、手順《てじゅん》を思《おも》い出《だ》しながらゆっくり貼《は》っていく。

「高野《たかの》さ。小五《しょうご》のとき、大事《だいじ》な試合《しあい》の前日《ぜんじつ》に足《あし》の小指《こゆび》の骨《ほね》を折《お》ったんだ。なんでだと思《おも》う？」

唐突《とうとつ》な質問《しつもん》が飛《と》んできて、私《わたし》は顔《かお》を上《あ》げる。

「……わかんない。なんで？」

「兄《にい》ちゃんを驚《おどろ》かそうと思《おも》って家《いえ》の廊下《ろうか》を走《はし》って、ドアにぶつけたんだってさ」

予想《よそう》もつかないような理由《りゆう》に、私《わたし》は思《おも》わず吹《ふ》き出《だ》してしまった。

「驚《おどろ》かそうと思《おも》って骨折《こっせつ》って……！」

ダメだ、笑《わら》いが止《と》まらない。

「ごめん、手《て》を止《と》めちゃって……」

ひとしきり笑《わら》ったあとに顔《かお》を上《あ》げると、柔《やわ》らかく微笑《ほほえ》む名良橋《ならはし》くんと視線《しせん》が絡《から》んだ。

「やっと笑《わら》ったな」

無邪気《むじゃき》な笑顔《えがお》を向《む》けられて、ドキッとしてしまう。

「わ、私《わたし》だって笑《わら》うときは笑《わら》うもん」

「そうか？　教室《きょうしつ》では、いつも難《むずか》しい顔《かお》をしてるイメージだけど」

「それは……」

それは。この先《さき》に続《つづ》く言葉《ことば》を、私《わたし》は言《い》うことができない。

だって、鍵《かぎ》をかけたんだ。

あの日《ひ》、桜《さくら》の木《き》の下《した》で。気持《きも》ちが溢《あふ》れてしまわないようにって。

「……べつに、名良橋《ならはし》くんには関係《かんけい》ないでしょ」

テーピングを巻《ま》き終《お》えて、勢《いきお》いよく立《た》ち上《あ》

がる。

もう帰《かえ》ろう。

逃げるようにして荷物《にもつ》に伸《の》ばした腕《うで》を、テーピングを巻《ま》いた手《て》が掴《つか》んだ。

「細《ほそ》いな」

「……っ！　離《はな》してよっ」

腕《うで》を振《ふ》り払《はら》おうとするけれど、力《ちから》で敵《かな》うはずもない。腕《うで》は掴《つか》まれたままだ。

「なぁ、早坂《はやさか》」

それは、初《はじ》めて聞《き》くような弱々《よわよわ》しい声《こえ》だった。

捕《と》らえられているのは私《わたし》のほうなのに、なんだか不安《ふあん》な気持《きも》ちになる。

名良橋《ならはし》くんを見下《みお》ろすと、彼《かれ》の瞳《ひとみ》もまた、まっすぐに私《わたし》を見《み》ていた。

「……いなくなったりしねーよな？」

手《て》に込《こ》められた力《ちから》が強《つよ》くなる。

だけど、痛《いた》いのは腕《うで》よりむしろ心《こころ》のほうだった。

なんなの、急《きゅう》に。なんでそんなこと聞《き》くの。

いなくなるよ、私《わたし》。

たとえ名良橋《ならはし》くんが望《のぞ》んでくれたとしても。どれだけ強《つよ》く願《ねが》っても。

秋《あき》になったら、私《わたし》はもうここにはいないんだ……。

「……っ！」

そう、わかっているのに……。

「いなく……ならないよ……」

神様《かみさま》。本当《ほんとう》に、本当《ほんとう》にごめんなさい。

私《わたし》は、嘘《うそ》をつきました。

決《けっ》して本当《ほんとう》になることのない、絶対《ぜったい》についちゃいけない嘘《うそ》だった。

でも、ほっとけなかったの。

名良橋《ならはし》くんが、あまりにも苦《くる》しそうな顔《かお》をするから。

だけど……。

ほっとしたような名良橋《ならはし》くんの顔《かお》を見《み》て、心《こころ》がズキッと痛《いた》む。

「いなくならないけど……いなくなっちゃうよ」

嘘《うそ》をそのままにしておけなくて、とっさに言葉《ことば》を並《なら》べた。

ごめんね、名良橋《ならはし》くん。嘘《うそ》に嘘《うそ》を重《かさ》ねることを、どうか許《ゆる》して。

「夏《なつ》に、また引《ひ》っ越《こ》すんだ。遠《とお》くに行《い》くから、そのうちいなくなる」

「なんだよ、それ……」

「昔《むかし》から転校《てんこう》してばっかりなんだ。どうせお別《わか》れするから友達《ともだち》も作《つく》らないようにしてるの」

苦《くる》し紛《まぎ》れにしては、上手《じょうず》な嘘《うそ》だと思《おも》う。

転校《てんこう》なら、クラスから姿《すがた》を消《け》しても違和感《いわかん》はない。

「……そういうことだったのか」

息《いき》を吐《は》いて、名良橋《ならはし》くんが手《て》を離《はな》す。

掴《つか》まれていた部分《ぶぶん》には指《ゆび》の痕《あとひと》一つ残《のこ》っていなくて、なんだかとても悔《くや》しかった。

「ごめん、変《へん》なこと聞《き》いて。早坂《はやさか》があまりに重《かさ》なったから……不安《ふあん》になったんだ」

「重《かさ》なったって……？」

聞《き》いてから、ハッとした。

今日《きょう》の放課後《ほうかご》、昇降口《しょうこうぐち》に向《む》かう廊下《ろうか》で聞《き》こえた話《はなし》を思《おも》い出《だ》す。

「俺《おれ》の幼《おさな》なじみと。家《いえ》が近《ちか》くて、幼稚園《ようちえん》のころからずっと一緒《いっしょ》だった」

名良橋《ならはし》くんはいったん間《ま》を置《お》いて、少《すこ》したためらったような様子《ようす》を見《み》せてから目《め》の前《まえ》にかざした手《て》をぎゅっと握《にぎ》った。

「でも、いなくなったんだ。小六《しょうろく》の冬《ふゆ》に。前日《ぜんじつ》まで普通《ふつう》に学校《がっこう》に来《き》てたのに、突然《とつぜん》姿《すがた》を消《け》した」

「そんな……」

「借金《しゃっきん》を返《かえ》せなくなって、家族《かぞく》で夜逃《よに》げしたんだ。……って、これもずいぶんたってから知《し》ったことだけど」

名良橋《ならはし》くんの表情《ひょうじょう》には、悔《くや》しさが滲《にじ》んでいた。

きっと、幼《おさな》なじみを失《うしな》ってしまったことを後悔《こうかい》しているんだろう。

なんで気《き》づけなかったんだろうって、たぶん、私《わたし》の病気《びょうき》が見《み》つかったときのお姉《ねえ》ちゃんみたいに。

「私《わたし》と、その子《こ》は似《に》てたの？」

「いや……。でも、重《かさ》なった。最後《さいご》に見《み》たあいつの姿《すがた》と、早坂《はやさか》が」

重《かさ》なったというのなら、きっとその子《こ》はとっても苦《くる》しかったんだろうな。

本当《ほんとう》はずっと名良橋《ならはし》くんの隣《となり》にいたかったはずで、でも現実《げんじつ》はそれを許《ゆる》してくれなくて。

最後《さいご》に名良橋《ならはし》くんとバイバイしたとき、その子《こ》はどんな気持《きも》ちだったんだろう。

私《わたし》には関係《かんけい》ないと思《おも》いながらも、胸《むね》が痛《いた》んだ。

## 捨《す》てたはずの思《おも》い

翌日《よくじつ》。授業《じゅぎょう》が終《お》わり、席《せき》を立《た》とうとした私《わたし》の前《まえ》に、名良橋《ならはし》くんが立《た》ちはだかった。

「保健室《ほけんしつ》には行《い》かせねーぞ」

腕《うで》を引《ひ》っ張《ぱ》り、教室《きょうしつ》の後《うし》ろのほうへ連《つ》れていかれる。

誰《だれ》がどう見《み》ても不思議《ふしぎ》な組《く》み合《あ》わせの私《わたし》たちを、クラスのみんなが驚《おどろ》いた様子《ようす》で見《み》ているのがわかった。

「今日《きょう》から早坂《はやさか》も一緒《いっしょ》な」

そんな言葉《ことば》とともに私《わたし》が投《な》げ入《い》れられたのは、名良橋《ならはし》くんがいつも一緒《いっしょ》にいるグループだった。

名良橋《ならはし》くんのほかに、男《おとこ》の子《こ》と女《おんな》の子《こ》が二人《ふたり》ずつ。

高野《たかの》くんと、クラスの中《なか》でもとくに賑《にぎ》やかな……確《たし》か名前《なまえ》は、伊東明也《いとうあきや》くん。

女《おんな》の子《こ》は、親睦会《しんぼくかい》の話《はなし》が出《で》たときに声《こえ》をかけてくれた二人《ふたり》だ。

お団子《だんご》ヘアのきれいめな子《こ》が、瀬川愛里沙《せがわありさ》さん、かわいらしい印象《いんしょう》の子《こ》は、深津芽衣《ふかつめい》さん……だったはず。

「いらっしゃい、早坂《はやさか》さん」

「伊東《いとう》、そっちの椅子《いす》取《と》って」

突然《とつぜん》の私《わたし》の登場《とうじょう》にも関《かか》わらず、歓迎《かんげい》ムードの四人《よにん》。

……って、ちょっと待《ま》って！

「ちょっと、名良橋《ならはし》くん！　どういう……！」

なんで勝手《かって》なことするの⁉

名良橋《ならはし》くんの制服《せいふく》の裾《すそ》を引《ひ》っ張《ぱ》ると、振《ふ》り返《かえ》った彼《かれ》が私《わたし》を見下《みお》ろす。

「どうせ別《わか》れることがわかってたって、今早坂《いまはやさか》が一人《ひとり》で過《す》ごす理由《りゆう》にはならねぇだろ」

「え……」

いいから座《すわ》れよ、と、準備《じゅんび》してくれた椅子《いす》に強引《ごういん》に座《すわ》らされる。

「お腹《なか》すいたー。早《はや》く食《た》べようぜ」

「そっちの机《つくえ》、もうちょっと寄《よ》せて」

私《わたし》が現《あらわ》れても賑《にぎ》やかな空気《くうき》は相変《あいか》わらずで、逃《に》げ出《だ》すタイミングを失《うしな》ってしまった。

隣《となり》に座《すわ》った名良橋《ならはし》くんを見《み》るけど、彼《かれ》は楽《たの》しそうに伊東《いとう》くんと言葉《ことば》を交《か》わしている。

一人《ひとり》でいるって決《き》めたのに、困《こま》るよ……。

そう思《おも》う反面《はんめん》、うれしいと感《かん》じてしまっているにも気《き》がついていた。

複雑《ふくざつ》な気持《きも》ちをかかえながらも、用意《ようい》してくれた机《つくえ》の上《うえ》にお弁当《べんとう》を広《ひろ》げる。

すると、正面《しょうめん》から瀬川《せがわ》さんが私《わたし》のお弁当《べんとう》を覗《のぞ》き込《こ》んできた。

「わ、早坂《はやさか》さんのお弁当《べんとう》おいしそう」

「ほんとだー！　それ何《なに》？」

「えっと、ポテトにベーコンを巻《ま》いたやつ。お姉《ねえ》ちゃんがよく作《つく》ってくれるの」

「早坂《はやさか》さん、お姉《ねえ》ちゃんいるんだ。お弁当《べんとう》まで作《つく》ってくれるなんて、いいなぁ」

お姉《ねえ》ちゃんを褒《ほ》められたことがうれしくて、思《おも》わず口元《くちもと》が緩《ゆる》んでしまう。

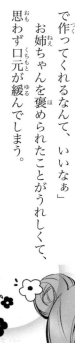

「早坂《はやさか》さんも料理《りょうり》できるの？」

「まぁ、一応《いちおう》。簡単《かんたん》なものだけだけど」

「すごいなー。私《わたし》、ぜんぜんできないから尊敬《そんけい》する」

「瀬川《せがわ》も深津《ふかつ》も、見習《みなら》えよ」

伊東《いとう》くんのからかいに、瀬川《せがわ》さんがすかさず噛《か》みつく。

「余計《よけい》なお世話《せわ》！　あんたはさっさと弁当作《べんとうつく》ってくれる彼女《かのじょ》を作《つく》りな」

「無茶言《むちゃい》うなよ！　そんな簡単《かんたん》にできたら今《いま》ごろ苦労《くろう》してねぇわ」

誰《だれ》かが話《はな》して、みんなが笑《わら》う。こんなに温《あたた》かい空間《くうかん》はいつぶりかな。

ダメだとわかってるのに、ここにいたいと思《おも》ってしまうよ。

一人《ひとり》は寂《さび》しい。温《ぬく》もりを知《し》らなきゃ、気《き》づかないままいられたのに。

これも全部《ぜんぶ》、名良橋《ならはし》くんのせいだよ……。


大型連休《おおがたれんきゅう》が明《あ》け、学校《がっこう》に行《い》く途中《とちゅう》。後《うし》ろから肩《かた》を叩《たた》かれた。

振《ふ》り返《かえ》ると、眠《ねむ》そうな名良橋《ならはし》くんが立《た》っている。

「……おはよう。眠《ねむ》そうだね」

「おはよ。夜中《よなか》までバスケの試合中継《しあいちゅうけい》見《み》てて寝不足《ねぶそく》」

ふーんと、気《き》のない返事《へんじ》をしておく。

バスケ、ほんとに好《す》きなんだな……。

学校《がっこう》までの道《みち》を並《なら》んで歩《ある》く。もう、逃《に》げる気《き》にはなれなかった。

「そういえば、校外学習《こうがいがくしゅう》の班決《はんぎ》めって今日《きょう》までだったよな」

「……校外学習《こうがいがくしゅう》？」

聞《き》き返《かえ》すと、名良橋《ならはし》くんは呆《あき》れたような目《め》で私《わたし》を見《み》た。

「休《やす》み前《まえ》に先生《せんせい》が言《い》ってたじゃん、自分《じぶん》たちで決《き》めておくようにって」

「……言《い》ってたっけ？」

「言《い》ってた。忘《わす》れんなよ」

「えー、だって……」

参加《さんか》するつもりなかったし。

そう言《い》うと、隣《となり》から頭《あたま》に軽《かる》いチョップが飛《と》んできた。

「早坂《はやさか》は俺《おれ》らの班《はん》な」

私《わたし》たちの間《あいだ》を風《かぜ》が通《とお》り抜《ぬ》ける。

胸《むね》の奥《おく》のほうがむずがゆくなったのは、たぶん、気《き》のせいだ。


教室《きょうしつ》につきカバンから荷物《にもつ》を取《と》り出《だ》していると、机《つくえ》の前《まえ》に誰《だれ》かの影《かげ》が現《あらわ》れた。

顔《かお》を上《あ》げると、笑顔《えがお》の高野《たかの》くんと目《め》が合《あ》う。

「おはよう、早坂《はやさか》さん」

「おはよう」

「今日《きょう》、名良橋《ならはし》と一緒《いっしょ》に登校《とうこう》してたね」

ニコニコ笑顔《えがお》のまま耳打《みみう》ちするように言《い》われて、私《わたし》は目《め》を丸《まる》くした。

「俺《おれ》、ずっと後《うし》ろにいたんだよ」

「そうだったの？　声《こえ》かけてくれたらよかったのに……」

「かけようとしたんだけど、なんかいい雰囲気《ふんいき》だったからやめた」

いい雰囲気《ふんいき》って何《なに》!?

ぎょっとした私《わたし》に、高野《たかの》くんがたたみかける。

「早坂《はやさか》さんと名良橋《ならはし》って、付《つ》き合《あ》ってんの？」

「ええええっ⁉　な、ないよっ！」

予想《よそう》もしなかった質問《しつもん》をされて、私《わたし》はぶんぶんと首《くび》を振《ふ》った。

付《つ》き合《あ》ってるなんて、どうして……。

「なんだ。名良橋《ならはし》があまりに早坂《はやさか》さんのこと気《き》にかけるから、てっきりそういう関係《かんけい》なのかと思《おも》った」

ないないない。ありえないよ。

まともに喋《しゃべ》ったのも、つい最近《さいきん》だっていうのに。

「……高野《たかの》くんも知《し》ってるんでしょ？　名良橋《ならはし》くんの、幼《おさな》なじみのこと」

「あいつから聞《き》いたの？　葛城梨央《かつらぎりお》のこと」

高野《たかの》くんから笑顔《えがお》が消《き》え、代《か》わりに声《こえ》のトーンが下《さ》げられた。

葛城梨央《かつらぎりお》。それが、名良橋《ならはし》くんの幼《おさな》なじみの名前《なまえ》。

「うん。いなくなった経緯《けいい》も、聞《き》かせてもらった」

「……そっか」

「名良橋《ならはし》くんが私《わたし》のことを気《き》にかけるのは、私《わたし》の向《む》こうにその子《こ》を見《み》てるからだよ」

彼女《かのじょ》に抱《いだ》く後悔《こうかい》を、繰《く》り返《かえ》したくないんだと思《おも》う。

今度《こんど》は私《わたし》が笑《わら》ってみせると、彼《かれ》は小《ちい》さく息《いき》を吐《は》いた。

「ごめん、変《へん》なこと聞《き》いて」

「ううん、大丈夫《だいじょうぶ》だよ」

「変《へん》なことついでに、もう一《ひと》つ聞《き》いてもいい？」

もう一《ひと》つ？

首《くび》をかしげながらも頷《うなず》くと、高野《たかの》くんは真剣《しんけん》な顔《かお》のまま口《くち》を開《ひら》いた。

「早坂《はやさか》さんって、前《まえ》の中学校《ちゅうがっこう》にいたとき、何部《なにぶ》だった？」

バクン、と心臓《しんぞう》が大《おお》きく跳《は》ねる。背筋《せすじ》に冷《つめ》たい汗《あせ》が流《なが》れた。

「ぶ……部活《ぶかつ》には、入《はい》ってなかったよ。帰宅部《きたくぶ》だった」

「ほんとに？」

「うん。なんでそんなこと聞《き》くの？」

声《こえ》が震《ふる》えないようにぐっとお腹《なか》に力《ちから》を込《こ》めたつもりだけど、効果《こうか》があったかどうかはわからない。

「ただの興味《きょうみ》だから、気《き》にしないで」

興味《きょうみ》って、本当《ほんとう》に……？

何《なに》も言《い》えないでいるうちにチャイムが鳴《な》って、高野《たかの》くんは自分《じぶん》の席《せき》へと歩《ある》いていった。


校外学習《こうがいがくしゅう》を次《つぎ》の週《しゅう》に控《ひか》えた日《ひ》の放課後《ほうかご》。

「じゃあ、うちら部活《ぶかつ》行《い》くね」

「うん、バイバイ」

「バイバーイ！」

逃《に》げる間《ま》もなく打《う》ち解《と》けてしまった瀬川《せがわ》さんと深津《ふかつ》さんの誘《さそ》いで、教室《きょうしつ》に残《のこ》って宿題《しゅくだい》をしていた私《わたし》は、部活生《ぶかつせい》の二人《ふたり》と別《わか》れて昇降口《しょうこうぐち》を目指《めざ》す。

「あ、早坂《はやさか》じゃん」

靴《くつ》をスニーカーに履《は》き替《か》えていると、どこかから声《こえ》が聞《き》こえた。

振《ふ》り向《む》くと、ジャージ姿《すがた》の名良橋《ならはし》くんと高野《たかの》くんがリュックを背負《せお》って立《た》っている。

「あれ……もう帰《かえ》るの？」

「うん。今日《きょう》、一年《いちねん》も二年《にねん》も校外学習《こうがいがくしゅう》で人数《にんずう》が少《すく》なかったから、早《はや》めに練習《れんしゅう》終《お》わったんだ」

そっか、下級生《かきゅうせい》は今日《きょう》が校外学習《こうがいがくしゅう》なんだ。

今日一日《きょういちにち》、学校《がっこう》もなんとなく静《しず》かだったもんなーなんて思《おも》いながら、靴箱《くつばこ》に向《む》かって歩《ある》いてくる二人《ふたり》に視線《しせん》を向《む》けたとき、高野《たかの》くんの歩《ある》き方《かた》に違和感《いわかん》を覚《おぼ》えた。

「高野《たかの》くん、足痛《あしいた》めてる？」

「え」

聞《き》くと、高野《たかの》くんが弾《はじ》かれたように私《わたし》を見《み》た。

「なんでわかったの、早坂《はやさか》さん。普通《ふつう》に歩《ある》いてるつもりだったのに」

「なんとなく、右足《みぎあし》をかばってるように見《み》えたから……」

うん、と頷《うなず》いた高野《たかの》くんは、左足《ひだりあし》に全体重《ぜんたいじゅう》を預《あず》けて右足《みぎあし》を浮《う》かせた。

「さっきの練習《れんしゅう》でリバウンドを取《と》ったときに、ちょっとね」

その言葉《ことば》を聞《き》いた名良橋《ならはし》くんが、高野《たかの》くんを睨《にら》む。

「なんで早《はや》く言《い》わなかったんだよ」

「そんなに怒《おこ》るなよ。部室《ぶしつ》を出《で》たときは、いけるかなって思《おも》ったんだ」

今《いま》はかなり痛《いた》いのか、笑《え》みを浮《う》かべながらも表情《ひょうじょう》はどこか険《けわ》しい。

「移動《いどう》できるか？　部室《ぶしつ》にテーピングあるから、応急処置《おうきゅうしょち》くらいならしてやれるぞ」

「いいよ。このあと、紡《つむぎ》ちゃんを迎《むか》えに行《い》かなきゃいけないいんだろ」

「そうだけど、高野《たかの》、自分《じぶん》でテーピングできねーじゃん」

ん？　んんん？

名良橋《ならはし》くんは早《はや》く帰《かえ》らないといけない理由《りゆう》があるってこと？

言《い》い合《あ》う二人《ふたり》を前《まえ》に首《くび》をかしげていると、ふいに名良橋《ならはし》くんの目《め》が私《わたし》を捉《とら》えた。

「そうだ！　早坂《はやさか》、テーピングできたよな？」

「え？　早坂《はやさか》さん、そうなの？」

「悪《わる》いんだけど、テーピング頼《たの》めないか？　俺《おれ》、このあと妹《いもうと》を保育園《ほいくえん》に迎《むか》えに行《い》かなきゃなんなくて」

名良橋《ならはし》くん、妹《いもうと》いるんだ。

保育園《ほいくえん》ってことは、結構歳《けっこうとし》が離《はな》れてるんだなぁ……。

「……わかった」

私《わたし》が頷《うなず》くと、名良橋《ならはし》くんはほっとしたように表情《ひょうじょう》を緩《ゆる》めた。

男子《だんし》バスケットボール部《ぶ》の部室《ぶしつ》には、誰《だれ》の姿《すがた》もなかった。

テーピングとハサミを受《う》け取《と》り、椅子《いす》に座《すわ》った高野《たかの》くんの前《まえ》にしゃがみ込《こ》む。

「それにしても、高野《たかの》くんといい名良橋《ならはし》くんといい、よくケガするね」

「よくって……俺《おれ》、久々《ひさびさ》のケガだよ、これ」

「あ、そっか。お兄《にい》さんを驚《おどろ》かせようとして骨折《こっせつ》したのは、小学生《しょうがくせい》のときか」

えっという焦《あせ》った声《こえ》が頭上《ずじょう》から降《ふ》ってきて、顔《かお》を上《あ》げると高野《たかの》くんは顔《かお》を真《ま》っ赤《か》に染《そ》めていた。

「な……なんで知《し》ってんの、それ」

「なんでだろうね？」

テーピングを巻《ま》きながら軽口《かるくち》を叩《たた》く。

犯人《はんにん》はすぐにわかったらしく、高野《たかの》くんは恨《うら》めしそうに名良橋《ならはし》くんの名前《なまえ》を口《くち》にした。

「にしても、テーピング巻《ま》くのうまくない？　今《いま》、結構感動《けっこうかんどう》してるんだけど」

「人《ひと》にもやってたから、知《し》らないうちに上達《じょうたつ》してたんだ」

感心《かんしん》したように言《い》われて、思《おも》わず口《くち》が滑《すべ》った。

「人《ひと》にもって……何《なに》かスポーツやってたの？」

しまった、と思《おも》ったときにはもう遅《おそ》い。

こぼした言葉《ことば》をすくい上《あ》げて、高野《たかの》くんがド直球《ちょっきゅう》に質問《しつもん》を投《な》げかけてくる。

「えっと、その……お、弟《おとうと》！　弟《おとうと》がスポーツしてて、ケガするたびに私《わたし》がテーピング巻《ま》いてあげてたの！」

私《わたし》、弟《おとうと》いないけどね……。

テンパってついた嘘《うそ》を、高野《たかの》くんは深掘《ふかぼ》りしてこなかった。

気《き》をつけなくちゃ。私《わたし》もバスケ部《ぶ》だったなんて知《し》れたら、転校《てんこう》してくる前《まえ》のことや、なんでこの学校《がっこう》でもバスケ部《ぶ》に入《はい》らないのかとかポジションはどこだとか、いろいろ聞《き》かれるに決《き》まってる。

病気《びょうき》のせいで大好《だいす》きだったバスケを諦《あきら》めるしかなかった私《わたし》には、上手《じょうず》に答《こた》えられる気《き》がしないもの。

「よし、終《お》わり」

「お、ありがと。だいぶ楽《らく》になった」

高野《たかの》くんが靴下《くつした》を履《は》いている間《あいだ》に、テーピングを元《もと》あった場所《ばしょ》へ戻《もど》す。

そのとき、足《あし》に何《なに》かが当《あ》たった。

なんだろう……。

視線《しせん》を落《お》として足下《あしもと》を確認《かくにん》すると、足元《あしもと》にあったのは学校名《がっこうめい》が書《か》かれたバスケットボールだった。

よく見《み》ると、部室内《ぶしつない》にはいくつかボールが転《ころ》がっている。

部室《ぶしつ》の隅《すみ》にボールカゴがあるから、そこから転《ころ》げ落《お》ちちゃったのかな。

何気《なにげ》なく拾《ひろ》ったボールを、何気《なにげ》なく投《な》げる。

カゴに向《む》かって、リングにシュートを打《う》つように。

そこに……高野《たかの》くんがいるのに。

放物線《ほうぶつせん》を描《えが》いたボールがカゴに入《はい》ったのと同時《どうじ》に、室内《しつない》に拍手《はくしゅ》の音《おと》が響《ひび》いた。

「ナイシュー、早坂《はやさか》さん」

う、わ……。気《き》をつけなきゃって思《おも》ったばっかりだったのに……。

高野《たかの》くんがいるほうを振《ふ》り向《む》けずにいると、低《ひく》い声《こえ》で名前《なまえ》を呼《よ》ばれた。

反射的《はんしゃてき》に顔《かお》を上《あ》げた私《わたし》の視界《しかい》に飛《と》び込《こ》んできたのは、勢《いきお》いよく向《む》かってくるバスケットボール。

「……っ!?」

ギリギリのところでそれをキャッチし、椅子《いす》に座《すわ》ったままの高野《たかの》くんを鋭《するど》く睨《にら》んだ。

「な、何《なに》す……っ」

「やっぱり早坂《はやさか》さん、ほんとはバスケやってたよね？」

真剣《しんけん》な表情《ひょうじょう》のまま言《い》われて、私《わたし》は息《いき》をのんだ。

力《ちから》の抜《ぬ》けた手《て》からボールが落《お》ち、テンテンと音《おと》を立《た》てて床《ゆか》を転《ころ》がっていく。

「さっきのシュートといいキャッチといい、経験者《けいけんしゃ》にしか見《み》えないよ」

何《なに》もかもを見透《みす》かしたように、高野《たかの》くんが言葉《ことば》を並《なら》べた。

「それに、なんか聞《き》き覚《おぼ》えあったんだよね。早坂由仁《はやさかゆに》って名前《なまえ》」

「え……」

「一年《いちねん》のとき、隣町《となりまち》に住《す》むいとこに誘《さそ》われて、バスケの大会《たいかい》を観《み》に行《い》ったことがあるんだ。そこで勝《か》ち上《あ》がってた女子《じょし》チームの中《なか》に、ずば抜《ぬ》けてうまい一年生《いちねんせい》がいた」

それってもしかして……私《わたし》のこと……？

私《わたし》の考《かんが》えていることがわかったのか、高野《たかの》くんは首《くび》を縦《たて》に振《ふ》る。

そっか。だからこの前《まえ》、前《まえ》の学校《がっこう》で何部《なにぶ》だったかって聞《き》いてきたんだ……。

「あのときの早坂《はやさか》さん、すっげー輝《かがや》いてたのに……なんで嘘《うそ》までついてバスケやってたこと隠《かく》すの」

高野《たかの》くんは、悲《かな》しそうに私《わたし》を見《み》ていた。

記憶《きおく》の中《なか》では楽《たの》しそうにコートを走《はし》り回《まわ》っていた女《おんな》の子《こ》が、バスケを辞《や》めて、バスケをやっていたことまで隠《かく》そうとした。

高野《たかの》くんにとって、それはとてもショックなことだったのかもしれない。

でも……。

「しょうがないじゃん！　もう二度《にど》と、バスケなんてできないんだから……っ」

何《なに》かが壊《こわ》れたように、我慢《がまん》していた気持《きも》ちがこぼれた。

次々《つぎつぎ》に溢《あふ》れてくる涙《なみだ》の止《と》め方《かた》を、私《わたし》は知《し》らないよ。

「バスケできないって、なんで……」

「病気《びょうき》なの。脳腫瘍《のうしゅよう》。……長《なが》くても、夏《なつ》までの命《いのち》だって言《い》われてる」

涙《なみだ》のせいで何《なに》も見《み》えない。

こんなこと、言《い》うつもりじゃなかったのに……。

「ご、ごめん。軽々《かるがる》しく聞《き》いていい話《はなし》じゃなかった」

高野《たかの》くんが弱々《よわよわ》しい声《こえ》で謝《あやま》るので、私《わたし》は必死《ひっし》に首《くび》を振《ふ》った。

バスケができない理由《りゆう》が、まさか病気《びょうき》だなんて誰《だれ》も思《おも》わない。

こんな重《おも》い話《はなし》を背負《せお》わせてしまって、ごめんなさい。


鼻《はな》をすする音《おと》がしたあと、私《わたし》たちの間《あいだ》に流《なが》れた沈黙《ちんもく》を破《やぶ》ったのは高野《たかの》くんだった。

「名良橋《ならはし》は……病気《びょうき》のこと、知《し》ってるの？」

「ううん。名良橋《ならはし》くんには……夏《なつ》に転校《てんこう》するって言《い》ってある」

「な……なんだよそれ……っ」

「お願《ねが》い。何《なに》があっても、名良橋《ならはし》くんには絶対《ぜったい》に言《い》わないで」

名良橋《ならはし》くんは、過去《かこ》に幼《おさな》なじみを失《うしな》っている。その傷《きず》をえぐるようなこと、絶対《ぜったい》にしたくないの。

『いなくなったりしねーよな？』

この言葉《ことば》は名良橋《ならはし》くんにとって、祈《いの》りにも似《に》た言葉《ことば》だったと思《おも》うから。

「早坂《はやさか》さんはバカだよ。もっと自分《じぶん》の思《おも》いどおりに生《い》きればいいのに……」

高野《たかの》くんの表情《ひょうじょう》が苦《くる》しそうにゆがめられたのを見《み》て、胸《むね》がズキンと痛《いた》んだ。

高野《たかの》くんはごめんって言《い》ってくれたけど、謝《あやま》らなきゃいけないのは私《わたし》のほうなの。

傷《きず》つけることがないよう友達《ともだち》は作《つく》らずにい

ようって決《き》めたのに、簡単《かんたん》に揺《ゆ》らいでしまってごめん。
こんな重《おも》い話《はなし》を、高野《たかの》くん一人《ひとり》に背負《せお》わせることになってごめん。
まっすぐに向《む》き合《あ》ってくれるみんなに、嘘《うそ》をついてばかりでごめんなさい……。
何度《なんど》繰《く》り返《かえ》しても足《た》りない気《き》がして、余計《よけい》に涙《なみだ》が溢《あふ》れた。

# 第二章《だいにしょう》　ジレンマをかかえて

校外学習《こうがいがくしゅう》を二日後《ふつかご》に控《ひか》えた朝《あさ》、頭痛《ずつう》と気《け》だるさが私《わたし》を襲《おそ》った。

薬《くすり》を飲《の》んでから体温《たいおん》を計《はか》ると、熱《ねつ》がある。

「大丈夫《だいじょうぶ》？　私《わたし》、仕事休《しごとやす》もうか？」

心配《しんぱい》そうに私《わたし》の顔《かお》を覗《のぞ》き込《こ》むお姉《ねえ》ちゃんに、私《わたし》は首《くび》を振《ふ》った。

「大丈夫《だいじょうぶ》だよ。仕事《しごと》、忙《いそが》しいんでしょ」

「でも……」

「ちゃんと病院《びょういん》にも行《い》くし、連絡《れんらく》もするから」

私《わたし》が言《い》うと、お姉《ねえ》ちゃんは難《むずか》しい顔《かお》をしながらも仕事《しごと》に向《む》かった。


ベッドで休《やす》んでいるうちにまた眠《ねむ》ってしまい、再《ふたた》び起《お》きたころにはお昼《ひる》を回《まわ》っていた。

午後《ごご》の診療《しんりょう》が始《はじ》まるのを待《ま》って病院《びょういん》を受診《じゅしん》し、薬《くすり》を貰《もら》う。

熱《ねつ》がまた上《あ》がってきていたので、帰《かえ》りはタクシーを使《つか》った。

お金《かね》を払《はら》って車《くるま》を降《お》りると、アパートの前《まえ》に見覚《みおぼ》えのある姿《すがた》を見《み》つける。

「おかえり。病院帰《びょういんがえ》りか？」

私《わたし》に向《む》かって軽《かる》く手《て》を上《あ》げたのは、名良橋《ならはし》くんだった。

「なんで、名良橋《ならはし》くんがいるの……？」

「なんでって……早坂《はやさか》が休《やす》んでるからじゃん。先生《せんせい》に聞《き》いたら体調崩《たいちょうくず》してるって言《い》うから、心配《しんぱい》で様子《ようす》を見《み》に来《き》た」

部屋番号《へやばんごう》知《し》らないから、ダメ元《もと》だったけど。と名良橋《ならはし》くんが笑《わら》う。

その姿《すがた》を見《み》て、胸《むね》がきゅうっと締《し》めつけられた。

「部活《ぶかつ》は？　休《やす》みじゃないよね？」

「あー、うん。高野《たかの》が適当《てきとう》に理由《りゆう》つけといてくれるらしいから大丈夫《だいじょうぶ》だろ」

高野《たかの》くん……。

私《わたし》の病気《びょうき》を唯一《ゆいいつ》知《し》る高野《たかの》くんは、どんな気持《きも》ちでそう言《い》ったのかな。

病気《びょうき》のことを打《う》ち明《あ》けた日《ひ》から彼《かれ》の態度《たいど》は何一《なにひと》つ変《か》わらないけれど、きっと重荷《おもに》になっているはず。

「ごめんね、わざわざ来《き》てもらうことになっちゃって……」

ふわふわとした感覚《かんかく》の中《なか》で謝《あやま》ると、名良橋《ならはし》くんが眉《まゆ》を寄《よ》せた。

「こういうときは、もっとうれしい言葉《ことば》があるんだけど」

あ……そっか。

〝私《わたし》のせいで部活《ぶかつ》を休《やす》ませちゃってごめんなさい〟

もらってうれしいのは、そんな卑屈《ひくつ》な考《かんが》えじゃない。

〝大好《だいす》きな部活《ぶかつ》を休《やす》んでまで、来《き》てくれてありがとう〟

素直《すなお》な感謝《かんしゃ》のほうが、私《わたし》なら何倍《なんばい》もうれしい。

「心配《しんぱい》してくれてありがとう」

「どういたしまして」

彼《かれ》が目《め》を細《ほそ》めて優《やさ》しく言《い》うから、なんだか安心《あんしん》して、その拍子《ひょうし》に足《あし》から力《ちから》が抜《ぬ》けそうになる。

間一髪《かんいっぱつ》のタイミングで支《ささ》えてもらったおかげで、倒《たお》れずに済《す》んだ。

「大丈夫《だいじょうぶ》？　部屋《へや》まで歩《ある》けるか？」

「……ん」

名良橋《ならはし》くんから体《からだ》を離《はな》して歩《ある》き出《だ》そうとするけれど、足元《あしもと》がふわふわしてまっすぐに歩《ある》けない。

「あーもう！」

しびれを切《き》らしたような名良橋《ならはし》くんの声《こえ》が聞《き》こえた瞬間《しゅんかん》、体《からだ》が本当《ほんとう》にふわりと浮《う》いた。

頭《あたま》が真《ま》っ白《しろ》になったあと、名良橋《ならはし》くんにお姫様抱《ひめさまだ》っこされているのだと理解《りかい》する。

「や……やだ、恥《は》ずかしい！　下《お》ろしてっ」

「そんなこと言《い》ってる場合《ばあい》じゃないだろ」

家《いえ》どこ、と名良橋《ならはし》くんはズカズカと歩《ある》き出《だ》す。

逃《に》げだしたいけど、熱《ねつ》のせいで力《ちから》が出《で》ない。

「鍵《かぎ》、出《だ》して」

カバンから鍵《かぎ》を取《と》り出《だ》すと、名良橋《ならはし》くんがオートロックを開《あ》けてくれた。

観念《かんねん》して、一階《いっかい》の部屋《へや》の前《まえ》まで送《おく》ってもらう。

「あり、がと」

ようやく地面《じめん》に足《あし》がついたけど、恥《は》ずかしくて名良橋《ならはし》くんの顔《かお》を見《み》られない。

逃《に》げるように部屋《へや》の鍵《かぎ》を差《さ》し込《こ》もうとしても、視界《しかい》がぼやけてうまくできなかった。

見《み》かねた名良橋《ならはし》くんが私《わたし》の手《て》から鍵《かぎ》を奪《うば》い取《と》り、開《あ》けてくれる。

「靴《くつ》、脱《ぬ》げるか？」

「……座《すわ》ればなんとか」

うまく立《た》ち上《あ》がれる自信《じしん》はないけど。

そんな私《わたし》の不安《ふあん》に気《き》づいたのか、名良橋《ならはし》くんが険《けわ》しい顔《かお》をする。

「悪《わる》いけど、お邪魔《じゃま》するぞ」

「へ……？」

ぱたんと玄関《げんかん》の扉《とびら》が閉《し》まる音《おと》がして、決《けっ》して広《ひろ》くない玄関《げんかん》に名良橋《ならはし》くんと私《わたし》が向《む》かい合《あ》う。

混乱《こんらん》してるうちに玄関《げんかん》に座《すわ》らされ、そのまま靴《くつ》まで脱《ぬ》がせてくれる。

「何《なに》から何《なに》まで……」

「俺《おれ》が気《き》になるだけだから。このまま上《あ》がってもいいなら、ベッドまで運《はこ》ぶけど」

大丈夫《だいじょうぶ》、と強《つよ》がる元気《げんき》はもう残《のこ》っていなかった。

名良橋《ならはし》くんに再《ふたた》びかかえられ、廊下《ろうか》を進《すす》む。リビングダイニングとつながる部屋《へや》が、私《わたし》の部屋《へや》だ。

「ほんとに、ありがと……」

ベッドの上《うえ》に下《お》ろされたあと、私《わたし》を見下《みお》ろす名良橋《ならはし》くんにお礼《れい》を言《い》う。

抱《だ》きかかえられたときはびっくりしたけど、名良橋《ならはし》くんがいなかったらどうなっていたことか……。

「ちゃんとご飯食《はんた》べて、ちゃんと薬飲《くすりの》めよ」

布団《ふとん》の中《なか》で領《うなず》いて、思《おも》い出《だ》す。そういえば今日《きょう》、ご飯食《はんた》べてないや。

「……甘《あま》えすぎだって自覚《じかく》はあるんだけど、もう一《ひと》つお願《ねが》いできないかな」

「いくらでも。なんだ？」

私《わたし》の前《まえ》にしゃがみ込《こ》んで、名良橋《ならはし》くんが視線《しせん》を合《あ》わせてくれる。

慌《あわ》てた様子《ようす》もなく表情《ひょうじょう》も豊《ゆた》かなほうではないけれど、これが彼《かれ》の通常運転《つうじょううんてん》だということはもう知《し》っている。

「キッチンの棚《たな》に、レトルトのおかゆがあるの。それ、温《あたた》めてもらえたらすっごく助《たす》かるんだけど……」

私《わたし》が言《い》うと、名良橋《ならはし》くんは大《おお》きく頷《うなず》いた。

部屋《へや》を出《で》ていく名良橋《ならはし》くんの背中《せなか》を目《め》で追《お》いながら、大《おお》きいなぁなんて思《おも》う。

同《おな》い年《どし》のはずなのに、私《わたし》よりもっと大人《おとな》に見《み》える。

名良橋《ならはし》くんの強《つよ》さは、いったいどこから来《く》るんだろう……。


「お待《ま》たせ。洗《あら》い物《もの》カゴから勝手《かって》に器《うつわ》とスプーン取《と》らせてもらったぞ」

部屋《へや》に戻《もど》ってきた名良橋《ならはし》くんが持《も》つおぼんには、おかゆの入《はい》った器《うつわ》とスプーン、さらには水《みず》の入《はい》ったコップが乗《の》せられていた。

「お水《みず》まで……ありがとう」

「どういたしまして」

おぼんをいったん机《つくえ》に置《お》いて、起《お》き上《あ》がるのを手伝《てつだ》ってくれる。

器《うつわ》を私《わたし》に手渡《てわた》し、名良橋《ならはし》くんがベッドの前《まえ》に座《すわ》り込《こ》んだ。

「食《た》べ終《お》わったら帰《かえ》るから」

ぶっきらぼうに言《い》われて、だけどそれが彼《かれ》の優《やさ》しさだということに気《き》がついて、胸《むね》の奥《おく》のほうがくすぐったくなる。

私《わたし》がおかゆを食《た》べている間《あいだ》、彼《かれ》はただそばにいてくれた。

「じゃあ俺《おれ》、これ片《かた》づけて帰《かえ》るよ」

私《わたし》が、おかゆを平《たい》らげて薬《くすり》を飲《の》んだあと。名良橋《ならはし》くんは空《から》っぽになった器《うつわ》を持《も》って腰《こし》を上《あ》げる。

「や、やだ……っ」

「え……？」

驚《おどろ》いた様子《ようす》で名良橋《ならはし》くんが私《わたし》を見下《みお》ろしたけれど、私自身《わたしじしん》が一番《いちばん》びっくりしていた。

だって。どうして私《わたし》、名良橋《ならはし》くんの服《ふく》を掴《つか》んでるの……⁉

「ご、ごめん！　なんでもない……っ」

なんで、引《ひ》き止《と》めるようなことを。

いくら熱《ねつ》があるとはいえ、自分《じぶん》がとった行動《こうどう》が理解《りかい》できない。

一人困惑《ひとりこんわく》していると、名良橋《ならはし》くんがふうっと息《いき》を吐《は》いて部屋《へや》を出《で》ていった。

「……っ」

ため息《いき》、つかれちゃった。

でも、そうだよね。様子《ようす》を見《み》に来《き》ただけなのに、たくさん迷惑《めいわく》をかけられて、ようやく帰《かえ》れると思《おも》ったら引《ひ》き留《と》められて。

いくら名良橋《ならはし》くんでも、面倒《めんどう》だって思《おも》うよね……。

見《み》えている景色《けしき》がじわりと滲《にじ》む。

その涙《なみだ》を袖《そで》で拭《ぬぐ》いかけたとき、視界《しかい》の端《はし》で扉《とびら》が開《ひら》いた。

顔《かお》を上《あ》げると、シャツの袖《そで》をまくった名良橋《ならはし》くんが立《た》っている。

「え。どうした？　しんどいのか？」

「名良橋《ならはし》くん、帰《かえ》ったんじゃ……」

震《ふる》える声《こえ》で言《い》うと、彼《かれ》が首《くび》をかしげる。

「洗《あら》い物《もの》してきただけだけど」

「え、でも……」

「なんで？　早坂《はやさか》がいろって言《い》ったんだろ？」

不思議《ふしぎ》そうな顔《かお》で、私《わたし》の前《まえ》にしゃがみ込《こ》む名良橋《ならはし》くん。

「熱《ねつ》あると心細《こころぼそ》くなるよな。うち、親《おや》が共働《ともばたら》きで家《いえ》にいないことも多《おお》いから、気持《きも》ちはすげーわかる」

うんうんと頷《うなず》いて、彼《かれ》が私《わたし》をちらりと見《み》た。

「あんまり遅《おそ》くまでは無理《むり》だけど、まだいられるから。早坂《はやさか》は休《やす》んでろよ」

名良橋《ならはし》くんの表情《ひょうじょう》がふっと緩《ゆる》む。その表情《ひょうじょう》に、ほっとする。

「ありがと」

「ははっ。今日《きょう》の早坂《はやさか》、お礼言《れいい》ってばっかりだな」

だって、いくら言《い》っても足《た》りないんだもん。

知《し》らなかったんだ。私《わたし》ね、自分《じぶん》が思《おも》っていた以上《いじょう》に、心細《こころぼそ》かったみたいなの。

「名良橋《ならはし》くんって、妹《いもうと》がいるんだよね？」

ベッドに寝転《ねころ》び、布団《ふとん》を口元《くちもと》まで被《かぶ》る。見上《みあ》げた名良橋《ならはし》くんは、その質問《しつもん》に頷《うなず》いた。

「うん。もうすぐ三歳《さんさい》」

「三歳《さんさい》!?」

勝手《かって》に年長《ねんちょう》さんくらいかと思《おも》ってたから、十二歳《じゅうにさい》も離《はな》れていることにびっくりした。

「写真《しゃしん》ないの？」

「ちょっと待《ま》って」

ポケットから取《と》り出《だ》したスマホを慣《な》れた手《て》つきで操作《そうさ》して、それからすぐに私《わたし》に画面《がめん》を向《む》けた。

そこには、小《ちい》さな女《おんな》の子《こ》のあどけない寝顔《ねがお》。

「かわいすぎる……」

「まぁ、小《ちい》さいしな」

かわいいってことは否定《ひてい》しないんだ。

名良橋《ならはし》くんのお兄《にい》ちゃんの顔《かお》が垣間見《かいまみ》えた気《き》がして、思《おも》わず頬《ほほ》が緩《ゆる》む。

「いいなぁ。私《わたし》のまわり、小《ちい》さい子《こ》いないから羨《うらや》ましい」

「早坂《はやさか》さえよければ、今度《こんど》紡《つむぎ》と遊《あそ》んでやってよ」

「そんなこと言《い》っちゃっていいの？　本気《ほんき》にするよ？」

「あぁ。絶対《ぜったい》に疲《つか》れると思《おも》うけど、それでもよければ」

苦笑《にがわら》いを浮《う》かべて名良橋《ならはし》くんが言《い》うので、思《おも》わず笑《わら》ってしまった。

「じゃあ、夏《なつ》までに絶対《ぜったい》に会《あ》わせてね」

私《わたし》の言葉《ことば》に、名良橋《ならはし》くんはわずかに表情《ひょうじょう》を曇《くも》らせた。

名良橋《ならはし》くんは知《し》っている。夏《なつ》に別《わか》れが来《く》ることを。

だけど、名良橋《ならはし》くんは知《し》らない。それが一生《いっしょう》の別《わか》れであることを。

知《し》らないままでいい。知《し》らないまま、名良橋《ならはし》くんは笑《わら》ってて。

「早坂《はやさか》は？　きょうだいいるのか？」

空気《くうき》を変《か》えるようにして、話題《わだい》が変《か》えられる。

「十四歳離《じゅうよんさいはな》れたお姉《ねえ》ちゃんがいるよ」

「へえ。早坂《はやさか》のとこも結構歳《けっこうとし》が離《はな》れてるんだな」

驚《おどろ》いた様子《ようす》を見《み》せてから、名良橋《ならはし》くんが真剣《しんけん》な表情《ひょうじょう》になる。

「あのさ。聞《き》いていいかわかんねーし、言《い》いたくなかったらいいんだけど」

改《あらた》まった物言《ものい》いに首《くび》をかしげると、彼《かれ》は扉《とびら》を指《ゆび》さした。

「さっきキッチンに行《い》ったとき、気《き》になって。あの仏壇《ぶつだん》って……」

言《い》われて、ハッとした。

キッチンが隣接《りんせつ》するリビングダイニングには、お父《とう》さんとお母《かあ》さんの仏壇《ぶつだん》が置《お》いてある。

そしてそこには、二人《ふたり》の写真《しゃしん》も飾《かざ》られているのだ。

「いや……やっぱいい。悪《わる》い、ズケズケと踏《ふ》み込《こ》んで」

「ううん。あれはね、私《わたし》のお父《とお》さんとお母《かあ》さんのお仏壇《ぶつだん》。うちの両親《りょうしん》、私《わたし》が小学生《しょうがくせい》のときに事故《じこ》で死《し》んじゃったんだ」

私《わたし》が言《い》うと、名良橋《ならはし》くんの顔《かお》がこわばった。

その様子《ようす》を見《み》て、眉《まゆ》を下《さ》げる。

「そんな顔《かお》しないで。もちろんすごく悲《かな》しかったけど、お姉《ねえ》ちゃんがいてくれたおかげで寂《さび》しくなかったから」

「早坂《はやさか》……」

「だから、親睦会《しんぼくかい》のとき親《おや》が厳《きび》しいって言《い》ったのは嘘《うそ》だったの。ごめんね」

おどけてみせると、名良橋《ならはし》くんが力《ちから》の抜《ぬ》けた笑《え》みを浮《う》かべた。

「今回《こんかい》だけは特別《とくべつ》な」

名良橋《ならはし》くんがあまりに柔《やわ》らかく言《い》うから、胸《むね》がぎゅっと締《し》めつけられた。

――ブー、ブー……。

バイブ音《おん》が部屋《へや》に響《ひび》く。着信《ちゃくしん》は名良橋《ならはし》くんのスマホで、私《わたし》に断《ことわ》ってから電話《でんわ》に出《で》た。

「もしもし。……うん、もう外《そと》。うん」

電話《でんわ》の相手《あいて》は女《おんな》の人《ひと》なのか、時折《ときおり》受話口《じゅわぐち》から漏《も》れ聞《き》こえる声《こえ》のトーンは高《たか》い。

「……わかった。すぐ行《い》く」

電話《でんわ》を切《き》ったあと、名良橋《ならはし》くんが私《わたし》に向《む》き直《なお》った。

「ごめん、母《かあ》さんから。帰《かえ》り遅《おそ》くなるから、紡《つむぎ》を迎《むか》えに行《い》ってくれって」

「そっか。遅《おそ》くまでありがとう。気《き》をつけてね」

「なんかあったら連絡《れんらく》して。すぐに来《く》るから。鍵《かぎ》も閉《し》めろよ」

寝転《ねころ》ぶ私《わたし》の頭《あたま》を軽《かる》く撫《な》でて、彼《かれ》は足早《あしばや》に部屋《へや》を出《で》ていった。
一人《ひとり》になった部屋《へや》で、天井《てんじょう》をぼうっと見上《みあ》げる。
……今《いま》の、なに？
心臓《しんぞう》が暴《あば》れている。胸《むね》に手《て》を当《あ》てても、収《おさ》まる気配《けはい》がない。
原因《げんいん》と思《おも》われる彼《かれ》の姿《すがた》を思《おも》い浮《う》かべると心《こころ》が温《あたた》かくなって、反面《はんめん》、苦《くる》しくもなった。
こんな感情《かんじょう》、私《わたし》は知《し》らない。
「……熱《ねつ》、また上《あ》がっちゃったのかな」
熱《ねつ》のせいで、感情《かんじょう》がコントロールできなくなってるんだ。
玄関《げんかん》のドアの鍵《かぎ》を閉《し》めて自室《じしつ》に戻《もど》る。
布団《ふとん》を頭《あたま》まで被《かぶ》り直《なお》して、これ以上《いじょう》考《かんが》えることをやめた。

# 果《は》たせない約束《やくそく》

校外学習当日《こうがいがくしゅうとうじつ》、頭上《ずじょう》には雲一《くもひと》つない空《そら》が広《ひろ》がっていた。

集合場所《しゅうごうばしょ》に到着《とうちゃく》すると、私《わたし》を見《み》つけた瀬川《せがわ》さんと深津《ふかつ》さんが駆《か》け寄《よ》ってきた。

「早坂《はやさか》さん！　もう体調《たいちょう》は大丈夫《だいじょうぶ》なの？」

「うん。連絡《れんらく》できなくてごめんね」

「ううん。今日《きょう》は来《こ》られてよかったね」

二日間学校《ふつかかんがっこう》を休《やす》んだ私《わたし》を、同《おな》じ班《はん》のみんなが囲《かこ》んでくれる。

その中《なか》でただ一人《ひとり》、高野《たかの》くんだけは、複雑《ふくざつ》そうな表情《ひょうじょう》を浮《う》かべていた。

学年全員《がくねんぜんいん》で先生《せんせい》の話《はなし》や注意点《ちゅういてん》を聞《き》いてから、水族館《すいぞくかん》の中《なか》に入《はい》る。

自由行動《じゆうこうどう》が始《はじ》まってしばらくしたとき、高野《たかの》くんに声《こえ》をかけられた。

「ちょっといい？」

水槽《すいそう》から漏《も》れる光《ひかり》が、高野《たかの》くんを淡《あわ》く照《て》らしている。

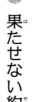

きっと、私《わたし》が休《やす》んで一番心配《いちばんしんぱい》させてしまったのは高野《たかの》くんだ。

すぐ近《ちか》くに誰《だれ》もいないことを確認《かくにん》してから頷《うなず》くと、彼《かれ》は私《わたし》の隣《となり》に並《なら》んで水槽《すいそう》を見上《みあ》げた。

「体調《たいちょう》、もう大丈夫《だいじょうぶ》なの？」

「うん。ごめんね、心配《しんぱい》かけたよね」

「そりゃね。今日《きょう》は元気《げんき》そうだから安心《あんしん》したけど……。本当《ほんとう》は、ただの風邪《かぜ》じゃなかったんでしょ？」

「……うん。頭痛《ずつう》とか目眩《めまい》とか、病気《びょうき》の症状《しょうじょう》が出《で》てた」

具体的《ぐたいてき》な症状《しょうじょう》を挙《あ》げたからか、高野《たかの》くんが息《いき》をのんだ。

それ以降彼《いこうかれ》が何《なに》かを言《い》うことはなく、私《わたし》もまた、静《しず》かに水槽《すいそう》を見上《みあ》げていた。


問題《もんだい》が起《お》こったのは、お昼《ひる》ごはんを食《た》べたあとのこと。

「ペンギンショーがいい」

「いや、イルカだろ」

ペンギンショーとイルカの触《ふ》れ合《あ》い体験《たいけん》の時間《じかん》が重《かさ》なっていて、高野《たかの》くんと深津《ふかつ》さん、伊東《いとう》くんと瀬川《せがわ》さんとで意見《いけん》が分《わ》かれたのだ。

お互《たが》いに譲《ゆず》らない四人《よにん》に、見《み》かねた名良橋《ならはし》くんが深《ふか》いため息《いき》をつく。

「そんなに行《い》きたいなら、分《わ》かれて行《い》けばいいだろ」

班員《はんいん》の別行動《べつこうどう》は禁止《きんし》されてるけど、仕方《しかた》ない。

「バレたら面倒《めんどう》だけど、そのときはみんなで怒《おこ》られよう」

私《わたし》が名良橋《ならはし》くんの言葉《ことば》をあと押《お》しすると、彼《かれ》らも納得《なっとく》したように頷《うなず》いた。

私《わたし》はどっちに行《い》こうかな、と考《かんが》えていたところに、新《あら》たな選択肢《せんたくし》が現《あらわ》れる。

「俺《おれ》、もう一回《いっかい》トンネル行《い》きたい。早坂《はやさか》、付《つ》き合《あ》って」

「……へ？」

とくに希望《きぼう》のなかった私《わたし》は、お昼《ひる》ごはんの前《まえ》に行《い》ったトンネル水槽《すいそう》が気《き》に入《い》ったらしい名良橋《ならはし》くんに付《つ》き添《そ》うことになった。

「やっぱここ、きれいだな」

「そうだね」

名良橋《ならはし》くんと並《なら》んで、頭上《ずじょう》を優雅《ゆうが》に泳《およ》ぐ魚《さかな》たちを見上《みあ》げる。

言葉《ことば》を交《か》わすこともなく、どれくらいそうしていたんだろう。

「早坂《はやさか》」

ふいに名前《なまえ》を呼《よ》ばれた。名良橋《ならはし》くんがこちらを向《む》いた気配《けはい》はなかったので、私《わたし》も水槽《すいそう》を見《み》つめたまま応《こた》える。

「もしもこの水槽《すいそう》が突然壊《とつぜんこわ》れて、ここが水《みず》で埋《う》め尽《つ》くされるとしたら……どうする？」

いきなり、命《いのち》の危機《きき》に曝《さら》されるとしたら。

突拍子《とっぴょうし》のない、なんてヘンテコな質問《しつもん》なんだろう。

水槽《すいそう》を眺《なが》めていて、なんとなく思《おも》い浮《う》かんだんだろうなぁ……。

それを頭《あたま》に留《と》めておかずに言葉《ことば》にしちゃう名良橋《ならはし》くんって、ちょっとヘンテコ。

でも、きっと。

「何《なに》がなんでも、名良橋《ならはし》くんだけは助《たす》かってもらうかな」

その質問《しつもん》に大真面目《おおまじめ》に向《む》き合《あ》って答《こた》えた私《わたし》のほうが、もっとヘンテコだ。

「…………」

答《こた》えたはいいものの、名良橋《ならはし》くんからの返答《へんとう》はない。魚《さかな》を目《め》で追《お》いながら流《なが》れるように隣《となり》を向《む》くと、名良橋《ならはし》くんが目《め》を丸《まる》くして私《わたし》を見《み》ていた。

ええ、何《なに》その顔《かお》！

本気《ほんき》で答《こた》えた分《ぶん》、ものすごく恥《は》ずかしくなってきた！

両手《りょうて》で顔《かお》を覆《おお》うと、隣《となり》で空気《くうき》の震《ふる》える音《おと》がした。

「バカ、なんで俺優先《おれゆうせん》なんだよ」

指《ゆび》の隙間《すきま》から、淡《あわ》い光《ひかり》に照《て》らされて小《ちい》さく笑《わら》う名良橋《ならはし》くんが見《み》える。

「だって……名良橋《ならはし》くんに死《し》なれたら困《こま》るし」

「なんだそれ」

もごもごと言《い》い訳《わけ》する私《わたし》に、名良橋《ならはし》くんがまた笑《わら》う。

そして、再《ふたた》び水槽《すいそう》を見上《みあ》げて言《い》った。

「でも……うん。俺《おれ》も同《おな》じ……早坂《はやさか》にだけは助《たす》かってもらうかな」

合流《ごうりゅう》したみんなと残《のこ》りの自由行動《じゆうこうどう》を過《す》ごし、あっという間《ま》に校外学習《こうがいがくしゅう》は終《お》わった。

「楽《たの》しかったねー」

「ね！　みんなで行《い》けてよかった」

学校《がっこう》のグラウンドに戻《もど》って解散《かいさん》したあとも、自然《しぜん》と集《あつ》まって楽《たの》しい時間《じかん》は続《つづ》く。

「伊東《いとう》ってば、イルカ行《い》きたいって言《い》ったくせに、体験《たいけん》の直前《ちょくぜん》でビビッちゃって」

「おい、言《い》うなよっ」

当《あ》たり前《まえ》のように笑《わら》いが起《お》こる。輪《わ》の中《なか》にいると、自分《じぶん》がごく普通《ふつう》の中学生《ちゅうがくせい》であるように感《かん》じる。

だけど、それも束《つか》の間《ま》。

「またみんなで行《い》きたいね」

「いいね、賛成《さんせい》！」

すぐに、現実《げんじつ》に引《ひ》き戻《もど》された。

――『またみんなで』。

その中《なか》に、私《わたし》の姿《すがた》はきっとない。

私《わたし》にとっては、きっと今日《きょう》が人生最後《じんせいさいご》の水族館《すいぞくかん》。

「私《わたし》……今日《きょう》、みんなといられてよかった」

ぽつりとこぼすと、瀬川《せがわ》さんと深津《ふかつ》さんがきょとんとした目《め》で私《わたし》を見《み》た。

「早坂《はやさか》さんってば、急《きゅう》にかわいいこと言《い》ってどうしたのーっ」

「いきなりときめかせないでよー」

「えへへ、ごめん。でも、本当《ほんとう》にそう思《おも》ったんだ」

校外学習《こうがいがくしゅう》がこんなに楽《たの》しかったのは、一緒《いっしょ》にいたのがみんなだったから。

そんなことを考《かんが》えていると、傷《きず》つけることになるってわかってるのに、もっとみんなといたいって思《おも》っちゃうよ……。

「うわっ！」

突然《とつぜん》、すぐ後《うし》ろから悲鳴《ひめい》にも似《に》た声《こえ》が聞《き》こえた。

何事《なにごと》かとみんなが振《ふ》り向《む》くと、カバンに手《て》を突《つ》っ込《こ》んで青《あお》ざめている名良橋《ならはし》くんがいた。

「か、鍵《かぎ》」

「鍵《かぎ》？」

「今日《きょう》、紡《つむぎ》のお迎《むか》え行《い》かないといけねーのに、家《いえ》の鍵《かぎ》、忘《わす》れた……」

全員《ぜんいん》が、ぎょっと目《め》を開《ひら》いた。

名良橋《ならはし》くんが行《い》くときは、大抵《たいてい》、両親《りょうしん》の帰《かえ》りが遅《おそ》いときだ。

「うちにおいでよって言《い》ってあげたいけど、名良橋《ならはし》の家《いえ》から結構距離《けっこうきょり》あるからなぁ……」

「高野《たかの》のとこは？　同《おな》じ小学校《しょうがっこう》なら、家《いえ》も近《ちか》いでしょ？」

みんなの視線《しせん》が高野《たかの》くんに集《あつ》まるけど、彼《かれ》は申《もう》し訳《わけ》なさそうに頭《あたま》を振《ふ》った。

「今日《きょう》このあと、家族《かぞく》で出《で》かけることになってるんだ。ごめん」

名良橋《ならはし》くんの表情《ひょうじょう》が、ずうんとより一層重《いっそうおも》くなる。

「名良橋《ならはし》くんの家《いえ》ってどこなの？」

聞《き》くと、名良橋《ならはし》くんの代《か》わりに高野《たかの》くんが答《こた》えてくれた。

うちから、案外近《あんがいちか》い。

今日《きょう》はお姉《ねえ》ちゃんの帰《かえ》りも遅《おそ》いみたいだし、名良橋《ならはし》くんなら家《いえ》も知《し》ってるし。

「うち、来《く》る？」

私《わたし》が言《い》うと、今度《こんど》は私《わたし》に注目《ちゅうもく》が集《あつ》まった。

「名良橋《ならはし》くんがよかったらだけど……」

「すっげー助《たす》かる……！」

言《い》い終《お》わる前《まえ》に、目《め》をキラキラと輝《かがや》かせた名良橋《ならはし》くんが私《わたし》の手《て》を掴《つか》んだ。

こうして、『夏《なつ》までに絶対《ぜったい》に会《あ》わせてね』と言《い》っていた紡《つむぎ》ちゃんとの対面《たいめん》が、思《おも》わぬ形《かたち》で叶《かな》うことになった。


紡《つむぎ》ちゃんが通《かよ》う保育園《ほいくえん》は、名良橋《ならはし》くんの家《いえ》から二十分《にじっぷん》ほど歩《ある》いたところにあるらしい。

自転車《じてんしゃ》の鍵《かぎ》もないので歩《ある》いてお迎《むか》えに行《い》って、そのままうちに来《く》ることになった。

インターホンが鳴《な》り、玄関《げんかん》を開《あ》ける。

「ごめんな、甘《あま》えさせてもらって。お邪魔《じゃま》します」

「ううん。お迎《むか》えご苦労《くろう》さまです」

名良橋《ならはし》くんを招《まね》き入《い》れると、その陰《かげ》に隠《かく》れるようにして小《ちい》さな女《おんな》の子《こ》が立《た》っていた。

背中《せなか》まで伸《の》びるふわふわの髪《かみ》に、くりくりの目《め》。どことなく、顔立《かおだ》ちが名良橋《ならはし》くんに似《に》ている。

かっ……かわいい……っ！

「初《はじ》めまして、紡《つむぎ》ちゃん。お兄《にい》ちゃんのお友達《ともだち》の、早坂由仁《はやさかゆに》です」

視線《しせん》を合《あ》わせて言《い》うと、紡《つむぎ》ちゃんがぱっと顔《かお》を上《あ》げた。

「ゆに？　にーにのおともだち？」

「こら紡《つむぎ》。呼《よ》び捨《す》てはねーだろ」

「あはは、いいよぉ。紡《つむぎ》ちゃん、好《す》きなように呼《よ》んでくれていいからね」

笑《わら》いかけると、ちょっと戸惑《とまど》った様子《ようす》で「ねーね」と口《くち》にした紡《つむぎ》ちゃん。

「ね、ねーねだって！　どうしよう、心臓《しんぞう》もたない」

悶《もだ》える私《わたし》を見《み》て、名良橋《ならはし》くんがおかしそうに笑《わら》った。

「どうぞ、入《はい》って」

二人《ふたり》をリビングに招《まね》き入《い》れ、テレビを子《こ》ども向《む》けのチャンネルに切《き》り替《か》える。

すぐに紡《つむぎ》ちゃんの興味《きょうみ》が向《む》かったかと思《おも》えば、彼女《かのじょ》の視線《しせん》は机《つくえ》の上《うえ》に置《お》いてあるカゴにそれた。

「おかし！」

紡《つむぎ》ちゃんが手《て》を伸《の》ばしたカゴには、お姉《ねえ》ちゃんが仕事先《しごとさき》でもらってきたマドレーヌが入《はい》っていた。

それを見《み》た名良橋《ならはし》くんが慌《あわ》ててその手《て》を下《さ》げさせる。

「紡《つむぎ》、これはお前《まえ》のじゃねーから」

「おかし～！」

名良橋《ならはし》くんに言《い》われて、紡《つむぎ》ちゃんの表情《ひょうじょう》がくしゃっと歪《ゆが》んだ。

今度《こんど》は私《わたし》が慌《あわ》てて、マドレーヌを差《さ》し出《だ》す。

「ごめん早坂《はやさか》」

「ううん、私《わたし》がカゴ出《だ》したままにしてたから。そりゃ欲《ほ》しくなるよね」

小《ちい》さな手《て》にマドレーヌを手渡《てわた》し、笑《わら》いかける。

「このカゴの中《なか》のおやつ、好《す》きに食《た》べていいやつなの。だから、もし紡《つむぎ》ちゃんが食《た》べられるなら、もらって？」

私《わたし》が言《い》うと、名良橋《ならはし》くんは申《もう》し訳《わけ》なさそうに眉《まゆ》を下《さ》げた。

「悪《わる》いな」

名良橋《ならはし》くんの言葉《ことば》に、つい意地悪心《いじわるごころ》が働《はたら》く。

「こういうときは、もっともらって嬉《うれ》しい言葉《ことば》があるんだけどなぁ」

ちらりと顔《かお》を見《み》やると、彼《かれ》は少《すこ》し驚《おどろ》いた顔《かお》をしてから、ふっと口元《くちもと》を緩《ゆる》めた。

「ありがとう」

「どういたしまして」

和《なご》やかな空気《くうき》が部屋《へや》に流《なが》れる。その空気感《くうきかん》を心地《ここち》よいと感《かん》じる。

「ねーね、ありがと」

「どういたしまして。袋《ふくろ》、開《あ》けられる？」

「できない」

紡《つむぎ》ちゃんの手《て》からマドレーヌをもらい、袋《ふくろ》から取《と》り出《だ》して手渡《てわた》す。

「ちゃんと〝ねーね〟してんじゃん」

「……バカにしてない？」

「してねーよ」

机《つくえ》に頬杖《ほおづえ》をついた名良橋《ならはし》くんが、ふっと目《め》を細《ほそ》めて笑《わら》う。

「なんか、ほんとの姉妹《しまい》みたいだなーって思《おも》った」

そんなに穏《おだ》やかな顔《かお》をして、そんなことを言《い》うなんて。

なんだかむずがゆくなって、ぱっと顔《かお》をそらす。

「だったら、私《わたし》と名良橋《ならはし》くんもきょうだいになっちゃうね」

「ほんとだな。早坂《はやさか》が妹《いもうと》かぁ……」

さも当然《とうぜん》のように言《い》われて、すかさずストップをかける。

「なんで私《わたし》が妹《いもうと》なの」

不満《ふまん》たらたらに言《い》うと、名良橋《ならはし》くんがきょとんとした目《め》を私《わたし》に向《む》けた。

「俺《おれ》のほうが兄貴《あにき》って感《かん》じするじゃん」

「自分《じぶん》で言《い》う!?」

「うん。自分《じぶん》で言《い》う」

淡々《たんたん》とした声色《こわいろ》であしらわれ、いよいよ悔《くや》しくなってきた。

確《たし》かに私《わたし》は次女《じじょ》だし、名良橋《ならはし》くんのほうがしっかりしてるかもしれないけど！

むうっと頬《ほほ》を膨《ふく》らませていると、ある考《かんが》えに行《い》きついた。

「きょうだいだったら誕生日《たんじょうび》が早《はや》いほうが上《うえ》だよね。名良橋《ならはし》くん、いつ？」

私《わたし》の誕生日《たんじょうび》は、来月《らいげつ》の二十八日《にじゅうはちにち》。つまり、六月《ろくがつ》だ。

半数以上《はんすういじょう》の同級生《どうきゅうせい》は、私《わたし》よりあとに生《う》まれているわけだから、名良橋《ならはし》くんもそうだと思《おも》って聞《き》いてみた……のだけど。

「俺《おれ》？　六月五日《ろくがついつか》」

やっぱり淡々《たんたん》とした口調《くちょう》で答《こた》えられ、私《わたし》はがっくりと肩《かた》を落《お》とした。

聞《き》き返《かえ》されたので噛《か》み潰《つぶ》すように答《こた》えると、彼《かれ》は満足《まんぞく》そうに口角《こうかく》を上《あ》げた。

嫌《いや》な感《かん》じ！　生《う》まれたのがちょーっと早《はや》いからって！

と、誕生日《たんじょうび》を話題《わだい》に出《だ》した自分《じぶん》のことは棚《たな》に上《あ》げて、心《こころ》の中《なか》で噛《か》みつく。

そのあとも、紡《つむぎ》ちゃんを中心《ちゅうしん》に時間《じかん》が流《なが》れていった。

「……紡《つむぎ》、眠《ねむ》いのか？」

名良橋《ならはし》くんが膝《ひざ》の上《うえ》に座《すわ》る紡《つむぎ》ちゃんに言《い》う。

顔《かお》を覗《のぞ》き込《こ》むと、確《たし》かにウトウトしている様子《ようす》だった。

「私《わたし》のでよかったら、ベッド使《つか》う？　腕《うで》、しんどいでしょ」

「ありがとう。そうさせてもらうよ」

紡《つむぎ》ちゃんを私《わたし》の部屋《へや》のベッドに寝《ね》かせて、名良橋《ならはし》くんがリビングに戻《もど》ってくる。

「校外学習《こうがいがくしゅう》で疲《つか》れてんのに、巻《ま》き込《こ》んでごめんな」

「疲《つか》れてるのは名良橋《ならはし》くんもでしょ。ほんとに気《き》にしなくていいから」

こんなイレギュラーも、普通《ふつう》の生活《せいかつ》を送《おく》っているからこそ。私《わたし》にとってはすごく幸《しあわ》せなことなんだよ。

「さっき誕生日《たんじょうび》の話《はなし》したときに思《おも》い出《だ》したんだけどさ。小学生《しょうがくせい》のころ、無性《むしょう》に早《はや》く十六歳《じゅうろくさい》になりたかったときがあった」

突拍子《とっぴょうし》もない話題《わだい》に、ドキッとする。

「……なんで？」

「バイクの免許《めんきょ》を取《と》れるようになる年齢《ねんれい》じゃん。俺《おれ》も乗《の》れるようになりたい！　って、よく父《とう》さんに話《はな》してた」

「へ、へぇ……」

懐《なつ》かしそうに話《はな》す名良橋《ならはし》くんに、うまく笑《わら》えている自信《じしん》がない。

黒《くろ》いモヤが、もぞもぞと心《こころ》の中《なか》を駆《か》け巡《めぐ》っている。

「高校《こうこう》でもバスケするつもりだから、免許《めんきょ》は大学生《だいがくせい》になってからって今《いま》は思《おも》うけどな」

耳《みみ》を塞《ふさ》いでしまいたかった。

名良橋《ならはし》くんが悪《わる》いわけじゃない。

ただ、私《わたし》の存在《そんざい》しない未来《みらい》を名良橋《ならはし》くんが無邪気《むじゃき》に思《おも》い描《えが》くことが苦《くる》しかった。

未来《みらい》の名良橋《ならはし》くんのそばに、私《わたし》はいない。

「早坂《はやさか》」

名前《なまえ》を呼《よ》ばれて顔《かお》を上《あ》げると、名良橋《ならはし》くんのまっすぐな視線《しせん》に囚《とら》われた。

彼《かれ》は一瞬《いっしゅん》言《い》い淀《よど》んでから、それでも私《わたし》を見据《みす》えて口《くち》を開《ひら》く。

「バイクの免許《めんきょ》取《と》ったら、後《うし》ろに乗《の》ってくれるか?」

ダメだ、と思《おも》った。

どうしてそう思《おも》ったのか、私《わたし》にもわからない。

ただ一《ひと》つわかることと言《い》えば、彼《かれ》に抱《いだ》く得体《えたい》の知《し》れない感情《かんじょう》が、溢《あふ》れてこぼれ落《お》ちてしまいそうだってこと。

「夏《なつ》に、転校《てんこう》するって……」

「もっと先《さき》の話《はなし》。転校《てんこう》したって、高校生《こうこうせい》や大学生《だいがくせい》になったって、その気《き》になればいつでも会《あ》えるだろ」

楽《たの》しげに語《かた》った未来《みらい》に私《わたし》の姿《すがた》を思《おも》い描《えが》いてくれたことが、胸《むね》がいっぱいになって泣《な》いてしまいそうになるくらい、うれしい。

でも、それ以上《いじょう》に苦《くる》しいよ。

名良橋《ならはし》くんは歳《とし》を重《かさ》ねていくけれど、私《わたし》の時間《じかん》はもうすぐ止《と》まってしまうから。

「言《い》ったじゃん、いなくならねーって。だから」

まっすぐな瞳《ひとみ》が微《かす》かに揺《ゆ》れる。

名良橋《ならはし》くんがここまで〝存在《そんざい》〟にこだわるのは、梨央《りお》さんのことがあったからなのかな。

今《いま》もまだ、私《わたし》に梨央《りお》さんを重《かさ》ねているのかな。

考《かんが》えるとまた苦《くる》しくなって、目《め》の奥《おく》が熱《あつ》くなったからとっさに俯《うつむ》いた。

そんな私《わたし》を、名良橋《ならはし》くんは逃《に》がしてくれない。

「顔上《かおあ》げろよ」

「やだ……っ」

無理《むり》だよ。せっかく抑《おさ》えようと思《おも》ったのに。

顔《かお》を上《あ》げたら、泣《な》きそうだってバレちゃうじゃん。

ぎゅっと唇《くちびる》を噛《か》んだ瞬間《しゅんかん》、膝《ひざ》の上《うえ》に置《お》いた拳《こぶし》に大《おお》きな手《て》が重《かさ》ねられた。

「早坂《はやさか》」

伝《つた》わる温《ぬく》もりが、名良橋《ならはし》くんの切《せつ》なく掠《かす》れた声《こえ》が、ギリギリで保《たも》っていた理性《りせい》を壊《こわ》した。

「……約束《やくそく》して」

重《かさ》ねられた手《て》を、ぎゅっと握《にぎ》り返《かえ》す。

我慢《がまん》していた涙《なみだ》が、頬《ほほ》を流《なが》れて落《お》ちた。

「私《わたし》を乗《の》せるまで誰《だれ》も後《うし》ろに乗《の》せないって……約束《やくそく》して！」

お互《たが》いの熱《ねつ》が混《ま》ざり合《あ》って、冷静《れいせい》さまでものみ込《こ》んだ。

私《わたし》の肩《かた》を、名良橋《ならはし》くんが躊躇《ためら》いがちに抱《だ》く。

「約束《やくそく》する。ちゃんと守《まも》るから。だから……絶対《ぜったい》だぞ」

すがるようにそう言《い》った名良橋《ならはし》くんが、腕《うで》の力《ちから》をぎゅっと強《つよ》めた。

このとき肩《かた》を震《ふる》わせていたのは、私《わたし》と名良橋《ならはし》くんのいったいどっちだったんだろう。

それからしばらくして、彼《かれ》らのお母《かあ》さんがアパートの下《した》まで迎《むか》えに来《き》た。

こっちが申《もう》し訳《わけ》なくなるくらい頭《あたま》を下《さ》げてくれたお母《かあ》さんは、どことなく名良橋《ならはし》くんに雰囲気《ふんいき》が似《に》ていた。

三人《さんにん》を送《おく》り出《だ》し、一人《ひとり》になった瞬間《しゅんかん》。後悔《こうかい》と罪悪感《ざいあくかん》が一気《いっき》に押《お》し寄《よ》せて、その場《ば》にしゃがみ込《こ》んだ。

「なんてこと言《い》っちゃったんだろう……っ」

自分《じぶん》を見失《みうしな》って、決《けっ》して叶《かな》うはずのないことを願《ねが》ってしまった。

自分勝手《じぶんかって》な約束《やくそく》で縛《しば》っても、彼《かれ》を傷《きず》つけてしまうだけってわかってたのに。

「ごめん……。ごめんね、名良橋《ならはし》くん……っ」

静《しず》かな部屋《へや》で、うわ言《ごと》のように謝罪《しゃざい》の言葉《ことば》を繰《く》り返《かえ》す。

そして、その先《さき》で思《おも》ってしまったんだ。交《か》わした約束《やくそく》を、果《は》たしたいって。

生《い》きて、名良橋《ならはし》くんが思《おも》い描《えが》いた未来《みらい》を現実《げんじつ》にしたいって……。

## 重《かさ》なる熱《ねつ》

ぼんやりと意識《いしき》が現実《げんじつ》に引《ひ》き戻《もど》される。

高《たか》い天井《てんじょう》に、クリーム色《いろ》のカーテン。鼻《はな》に届《とど》くのは、消毒液《しょうどくえき》の匂《にお》い。

病院《びょういん》にいることを認識《にんしき》した直後《ちょくご》、鋭《するど》い痛《いた》みが頭《あたま》を駆《か》け抜《ぬ》けた。

「……っ」

ぼやけたままの視界《しかい》が、ぐるぐると回《まわ》っている。

どうして私《わたし》、ここにいるんだっけ……。

考《かんが》えてみても、何一《なにひと》つ思《おも》い出《だ》せない。

「なんで……」

脳腫瘍《のうしゅよう》は記憶《きおく》に関《かん》する問題《もんだい》を引《ひ》き起《お》こすことがあるって、前《まえ》に先生《せんせい》から聞《き》いたような気《き》がする。

私《わたし》の病気《びょうき》、そんなに進行《しんこう》してるの……？

ぞっとして、目《め》の前《まえ》が真《ま》っ暗《くら》になる。

「目《め》、覚《さ》めたのね」

カーテンの向《む》こうから、白衣《はくい》を着《き》た女医《じょい》さんが姿《すがた》を現《あらわ》す。

担当医《たんとうい》の黒木先生《くろきせんせい》だった。

「びっくりしたよ。女《おんな》の子《こ》が搬送《はんそう》されてきたと思《おも》ったら、由仁《ゆに》ちゃんだったから」

「搬送《はんそう》……。やっぱり私《わたし》、どこかで倒《たお》れたんですか？」

体《からだ》をゆっくりと起《お》こしながら聞《き》くと、黒木先生《くろきせんせい》は目《め》を見開《みひら》いた。

「体調不良《たいちょうふりょう》で保健室《ほけんしつ》に行《い》って、そのまま意識《いしき》を失《うしな》ったのよ」

そう、だったっけ……。

思《おも》い出《だ》せなくて険《けわ》しい顔《かお》をする私《わたし》に、黒木先生《くろきせんせい》が一歩《いっぽ》近《ちか》づく。

「由仁《ゆに》ちゃん。自分《じぶん》でもわかってると思《おも》うけど……思《おも》ったより病気《びょうき》が進行《しんこう》してる」

「……っ」

「私《わたし》としては、今《いま》すぐにでも入院《にゅういん》してほしい」

首《くび》を振《ふ》ったのは、ほぼ反射《はんしゃ》だった。

「入院《にゅういん》は嫌《いや》、です」

閉鎖《へいさ》された病院《びょういん》は、まるでモノクロの世界《せかい》。

残《のこ》された時間《じかん》を、そんな冷《つめ》たい場所《ばしょ》で過《す》ごすのは嫌《いや》だった。

黒木先生《くろきせんせい》は呆《あき》れたように深《ふか》い息《いき》を吐《は》いて、それから私《わたし》の頭《あたま》を撫《な》でてくれた。

「無理《むり》はしないこと。いいね？」

私《わたし》が頷《うなず》くと、先生《せんせい》はカーテンを閉《し》めて部屋《へや》を出《で》ていった。


無意識《むいしき》のうちに布団《ふとん》を掴《つか》んでいた手《て》を、目《め》の前《まえ》にそっと掲《かか》げる。

動《うご》く。見《み》える。

私《わたし》はまだ、生《い》きている。


「……っ」

でも、いよいよ終《お》わりの時間《じかん》が近《ちか》づいてきているみたい。

作《つく》った拳《こぶし》にぎゅっと力《ちから》を入《い》れた瞬間《しゅんかん》。

「肝《きも》が据《す》わってるんだね」

カーテンの向《む》こうから女《おんな》の子《こ》の声《こえ》が聞《き》こえてきた。

あまりに突然《とつぜん》のことに目《め》を丸《まる》くしていると、同《おな》じ声《こえ》がカーテンを開《あ》けてもいいかと問《と》う。

少《すこ》し迷《まよ》ってから「はい」と答《こた》えると、すぐにカーテンが揺《ゆ》れた。

向《む》こうにいたのは、顔立《かおだ》ちがはっきりした女《おんな》の子《こ》。その手《て》にはピンク色《いろ》のイヤホンが握《にぎ》られている。

「ごめんね、急《きゅう》に。先生《せんせい》との会話《かいわ》が聞《き》こえちゃったから、つい」

「え……」

「って言《い》っても、音楽聴《おんがくき》いてたから『入院《にゅういん》しない』ってとこしか聞《き》こえなかったんだけどね」

どうやら、病状《びょうじょう》のくだりは聞《き》こえていなかったらしい。初対面《しょたいめん》の人《ひと》とはいえ、内容《ないよう》が内容《ないよう》なだけに聞《き》かれていなくてよかった。

「さっきの、黒木先生《くろきせんせい》でしょ？　担当《たんとう》じゃないのに声《こえ》かけてくれたりするし、いい先生《せんせい》だよね」

彼女《かのじょ》の言葉《ことば》に大《おお》きく頷《うなず》く。この病院《びょういん》に通《かよ》うようになってからだからまだ付《つ》き合《あ》いは短《みじか》いけど、とてもいい先生《せんせい》だと思《おも》う。

「黒木先生《くろきせんせい》が担当《たんとう》なの？　えーっと……」

すらりとした指《ゆび》を向《む》けられ、名前《なまえ》を訊《たず》ねられていることを悟《さと》る。

「早坂由仁《はやさかゆに》です」

「ゆにちゃん！　かわいい名前《なまえ》！　どんな字書《じか》くの？」

「自由《じゆう》の由《ゆう》に、仁義《じんぎ》の仁《じん》で由仁《ゆに》です」

「へえ！　じゃあ、私《わたし》の好《す》きな人《ひと》と一文字《ひともじ》違《ちが》いだ」

明《あか》るかった彼女《かのじょ》の表情《ひょうじょう》が一瞬曇《いっしゅんくも》った。それも束《つか》の間《ま》、またすぐに笑顔《えがお》に戻《もど》る。

「って、私《わたし》、まだ名乗《なの》ってなかったね。私《わたし》は――」

「早坂《はやさか》さん」

彼女《かのじょ》の言葉《ことば》に重《かさ》なるように、カーテンの外《そと》から名前《なまえ》を呼《よ》ばれた。

この声《こえ》、この呼《よ》び方《かた》……。高野《たかの》くんだ。

「お見舞《みま》いかな。カーテン閉《し》めるね」

気《き》づかうように小《ちい》さな声《こえ》でそう言《い》って、カーテンが閉《し》められる。

私《わたし》がどうぞ、と応《こた》えると、今度《こんど》は通路側《つうろがわ》のカーテンが開《ひら》いた。

「倒《たお》れたって聞《き》いて来《き》たんだけど……起《お》き上《あ》がってて大丈夫《だいじょうぶ》なの？」

「あ……うん。ごめんね、心配《しんぱい》かけちゃって」

私《わたし》が笑《わら》うと、高野《たかの》くんの表情《ひょうじょう》に少《すこ》しの安堵《あんど》が交《ま》じる。

その後《うし》ろに、もう一《ひと》つ人影《ひとかげ》があることに気《き》がついた。

「名良橋《ならはし》くんも来《き》てくれたんだ」

私《わたし》が視線《しせん》を向《む》けると、眉間《みけん》にシワを寄《よ》せた名良橋《ならはし》くんと目《め》が合《あ》った。

そして、高野《たかの》くんの後《うし》ろで彼《かれ》が何《なに》か言《い》おうと口《くち》を開《ひら》きかけたとき、

「え」

と、短《みじか》い声《こえ》が隣《となり》のベッドから聞《き》こえた。気《き》になって振《ふ》り向《む》くと、閉《し》められたカーテンがわずかに揺《ゆ》れる。

「ゆ……由仁《ゆに》ちゃん、ごめん。ちょっと開《あ》けていい？」

さっき初《はじ》めて聞《き》いた高《たか》い声《こえ》に言《い》われて、考《かんが》える間《ま》もなく返事《へんじ》をしていた。

彼女《かのじょ》の手《て》によって再《ふたた》びカーテンが開《あ》けられた瞬間《しゅんかん》、

「え……」

時間《じかん》が止《と》まったかのように、場《ば》の空気《くうき》が固《かた》まった。

目《め》を大《おお》きく見開《みひら》いてお互《たが》いを見《み》つめる彼《かれ》らに、何《なに》が起《お》こっているのか私《わたし》だけが理解《りかい》できないでいる。

何《なに》この空気《くうき》。――彼女《かのじょ》は誰《だれ》なの……？

「り……お……」

視界《しかい》の端《はし》で、名良橋《ならはし》くんが動《うご》きを止《と》めたまま呟《つぶ》いた。
たった二文字《にもじ》が、今《いま》の状況《じょうきょう》を私《わたし》に教《おし》える。
梨央《りお》。それは、聞《き》き覚《おぼ》えのある響《ひび》き。
「由貴《ゆき》……」
大《おお》きな目《め》いっぱいに涙《なみだ》を浮《う》かべる彼女《かのじょ》は、愛《いと》おしそうに名良橋《ならはし》くんの名前《なまえ》を呼《よ》んだ。
いろいろな記憶《きおく》が頭《あたま》の中《なか》駆《か》け巡《めぐ》る。
『早坂《はやさか》があまりに重《かさ》なったから……不安《ふあん》になったんだ』
『重《かさ》なったって……？』
『俺《おれ》の幼《おさな》なじみと。家《いえ》が近《ちか》くて、幼稚園《ようちえん》のころからずっと一緒《いっしょ》だった』
『でも、いなくなったんだ。小六《しょうろく》の冬《ふゆ》に』
『借金《しゃっきん》を返《かえ》せなくなって、家族《かぞく》で夜逃《よに》げした

んだ』
悔《く》やんでも悔《く》やみきれない。そんな様子《ようす》で語《かた》った名良橋《ならはし》くんの姿《すがた》も。
『……高野《たかの》くんも知《し》ってるんでしょ？　名良橋《ならはし》くんの、幼《おさな》なじみのこと』
『あいつから聞《き》いたの？　葛城梨央《かつらぎりお》のこと』
からかいの延長《えんちょう》で交《か》わした高野《たかの》くんとの会話《かいわ》も。
全部《ぜんぶ》、昨日《きのう》のことのように鮮明《せんめい》に覚《おぼ》えてる。
点《てん》と点《てん》が、一本《いっぽん》の線《せん》によってつながった。
「会《あ》いたかったよ、由貴《ゆき》……っ」
彼女《かのじょ》は、名良橋《ならはし》くんが大切《たいせつ》に思《おも》っていた幼《おさな》なじみだ。
目《め》の前《まえ》で繰《く》り広《ひろ》げられる感動《かんどう》の再会《さいかい》を外野《がいや》から眺《なが》めながら、心《こころ》が鈍《にぶ》く痛《いた》むのを感《かん》じた。

「……大丈夫《だいじょうぶ》？」
差《さ》し出《だ》されたペットボトルを受《う》け取《と》るけれど、曖昧《あいまい》な返事《へんじ》をすることしかできない。

病室《びょうしつ》の外《そと》にある談話《だんわ》スペースで、車椅子《くるまいす》に座《すわ》る私《わたし》の正面《しょうめん》に腰《こし》かけた高野《たかの》くんもまた、わずかに微笑《ほほえ》むだけだった。

「病室《びょうしつ》から連《つ》れ出《だ》しちゃったけど、体調《たいちょう》は平気《へいき》？」

「……うん、大丈夫《だいじょうぶ》。ありがとね」

高野《たかの》くんがくれたお茶《ちゃ》を飲《の》む。そこでようやく、喉《のど》がカラカラに渇《かわ》いていたのだと気《き》づいた。

「……早坂《はやさか》さんも気《き》づいてると思《おも》うけど……あの子《こ》が、夜逃《よに》げした名良橋《ならはし》の幼《おさな》なじみ」

「……うん」

「親《おや》の離婚《りこん》で名字《みょうじ》が変《か》わったんだな。病室《びょうしつ》のネームプレート見《み》ても気《き》づかなかった」

そりゃそうだよ。

数年前《すうねんまえ》にいなくなって、名字《みょうじ》まで変《か》わった同級生《どうきゅうせい》に、まさかこんな場所《ばしょ》で再会《さいかい》するだなんて思《おも》わない。

「梨央《りお》さんね。私《わたし》の名前《なまえ》を知《し》ったとき……好《す》きな人《ひと》と一文字違《ひともじちが》いだって言《い》ったんだ」

あのとき表情《ひょうじょう》が曇《くも》った意味《いみ》を、今《いま》なら理解《りかい》できる。

梨央《りお》さんの好《す》きな人《ひと》は、名良橋《ならはし》くんだ。

「ねぇ、高野《たかの》くん。私今《わたしいま》から、人《ひと》として最低《さいてい》なこと言《い》うよ。私《わたし》のこと、軽蔑《けいべつ》するかもしれない」

「軽蔑《けいべつ》なんかしない」

だから我慢《がまん》しなくていいよ。その言葉《ことば》に、糸《いと》が切《き》れた。

抑《おさ》え込《こ》もうとした感情《かんじょう》が、一気《いっき》に溢《あふ》れ出《だ》す。

「嫌《いや》だ、って思《おも》ったの。梨央《りお》さんに対《たい》して名良橋《ならはし》くんが後悔《こうかい》してること、知《し》ってたのに。梨央《りお》さんじゃなきゃいいって思《おも》う自分《じぶん》がいた……っ」

指先《ゆびさき》が震《ふる》える。知《し》らなかったんだ。

私《わたし》の中《なか》に、こんな真《ま》っ黒《くろ》な感情《かんじょう》があるなんて。

醜《みにく》い感情《かんじょう》を口《くち》にすることが、こんなにも怖《こわ》いなんて。

名良橋《ならはし》くんに出会《であ》ってなかったら、きっと知《し》らずに済《す》んだのに。

「私《わたし》、最低《さいてい》だ……！」

爪《つめ》を立《た》てた手《て》のひらに血《ち》が滲《にじ》む。

「大丈夫《だいじょうぶ》だよ。早坂《はやさか》さんは最低《さいてい》なんかじゃない」

穏《おだ》やかな声《こえ》で言《い》った高野《たかの》くんの大《おお》きな手《て》によって、優《やさ》しく、でも確《たし》かな力《ちから》でその手《て》を解《ほど》かれる。

「お互《たが》いに後悔《こうかい》を残《のこ》したままだったあいつらの再会《さいかい》を目の当《まあ》たりにして、そんなふうに思《おも》うのは仕方《しかた》ないんじゃないかな」

仕方《しかた》ないこと。そう言《い》われると、それが免罪符《めんざいふ》になってしまう。

「そうなの……かなぁ……」

「うん。でも、それはある条件《じょうけん》を満《み》たさないと成《な》り立《た》たない」

条件《じょうけん》……？

顔《かお》を上《あ》げると、穏《おだ》やかに目尻《めじり》を下《さ》げた高野《たかの》くんと目《め》が合《あ》った。

「早坂《はやさか》さんが名良橋《ならはし》を好《す》きであること」

心臓《しんぞう》を直接叩《ちょくせつたた》かれたような、そんな衝撃《しょうげき》だった。

「も、もちろん好《す》きだよ？　でも、それは高野《たかの》くんも同《おな》じで……っ」

「そう言《い》ってくれるのはうれしいけどね。俺《おれ》とあいつとでは、大《おお》きな違《ちが》いがあるでしょ？」

お願《ねが》い、言《い》わないで。

聞《き》いたら、気《き》づいてしまう。

目《め》をそらして逃《に》げ続《つづ》けてきた感情《かんじょう》に、明確《めいかく》な名前《なまえ》を与《あた》えてしまう。

聞《き》いちゃダメだって思《おも》うのに耳《みみ》を塞《ふさ》ぐこともできないのは、逃《に》げることに疲《つか》れちゃったからかな。

「あいつへの好《す》きは、恋人《こいびと》になりたいとかそばにいたいとか、そういう種類《しゅるい》の好《す》きなんじゃない？」

高野《たかの》くんの言葉《ことば》は、どこにも引《ひ》っかからずに私《わたし》の中《なか》に落《お》ちた。

名良橋《ならはし》くんのためを思《おも》うなら、そばにいるのは私《わたし》じゃなくて梨央《りお》さんのほうがいい。わかってるのに、心《こころ》が嫌《いや》だと叫《さけ》ぶのも。

叶《かな》わないって知《し》ってるのに、バイクの後《うし》ろに一番《いちばん》に乗《の》りたいって思《おも》うのも。

彼《かれ》の言葉《ことば》に一喜一憂《いっきいちゆう》したり、胸《むね》が高鳴《たかな》ったりすることも。

全部《ぜんぶ》、私《わたし》が名良橋《ならはし》くんを恋愛対象《れんあいたいしょう》として好《す》きだとすると納得《なっとく》がいく。

あぁそうか。これが恋《こい》なんだ。私《わたし》、名良橋《ならはし》くんのことが好《す》きなんだ。

見《み》ないふりをしてきた恋心《こいごころ》に真正面《ましょうめん》から向《む》き合《あ》って、存在《そんざい》を素直《すなお》に認《みと》めたら……湧《わ》き出《で》るように涙《なみだ》が溢《あふ》れてきた。

「うぇぇぇ……っ」

声《こえ》を上《あ》げて、聞《き》き分《わ》けのない子《こ》どもみたいにみっともなく泣《な》いた。

恋《こい》って、もっと甘《あま》いものだと思《おも》ってた。浮《う》き足立《あしだ》ったようにふわふわして、世界《せかい》が見違《みちが》えたようにキラキラと輝《かがや》き出《だ》すんだと思《おも》ってたよ。

もちろん、そういう恋《こい》の形《かたち》もあるんだろう。

でも、人生最初《じんせいさいしょ》で最後《さいご》の私《わたし》の恋《こい》はそうじゃないみたい。

「高野《たかの》くん」

「……ん」

「そばにいられなくても、好《す》きでいることくらいは許《ゆる》されるかなぁ……？」

この気持《きも》ちを、名良橋《ならはし》くんに伝《つた》えることは絶対《ぜったい》にしないから。

涙《なみだ》に濡《ぬ》れた目《め》で見《み》ると、高野《たかの》くんは苦《くる》しそうに眉《まゆ》を寄《よ》せた。

「人《ひと》を好《す》きになることに、誰《だれ》の許《ゆる》しも必要《ひつよう》ないよ」

高野《たかの》くんってすごいね。魔法使《まほうつか》いみたいだね。

私《わたし》の一番欲《いちばんほ》しい言葉《ことば》で、私《わたし》を肯定《こうてい》してくれる。

「俺《おれ》、思《おも》うんだよね。好《す》きになっちゃいけない人《ひと》なんていない。恋《こい》は、自由《じゆう》だって」

「へ……？」

「恋《こい》は自由《じゆう》。これ、結構名言《けっこうめいげん》だと思《おも》わない？」

「自分《じぶん》で言《い》っちゃう？」

私《わたし》を笑《わら》わせるためにおどけて言《い》ったことには、気《き》づいていた。だから、笑《わら》った。うまく笑《わら》えている自信《じしん》はなかったけれど、それでも笑《わら》った。

恋《こい》は自由《じゆう》。

誰《だれ》を好《す》きでいてもいい。どんな形《かたち》でも構《かま》わない。

生《う》まれたばかりの先《さき》が見《み》えない想《おも》いに、高野《たかの》くんが光《ひかり》を与《あた》えてくれた。

「だったら……私《わたし》の恋《こい》は、名良橋《ならはし》くんの幸《しあわ》せを願《ねが》える恋《こい》にしたいな」

今《いま》はまだ本音《ほんね》じゃない。ほかの人《ひと》と幸《しあわ》せになってほしいなんて、少《すこ》しも思《おも》ってない。

でも、私《わたし》に未来《みらい》はないから。

せめて今《いま》は強《つよ》がって、時間《じかん》をかけてでも心《こころ》を追《お》いつかせよう。

「早坂《はやさか》さんらしくていいと思《おも》う」

高野《たかの》くんの声《こえ》はかすかに震《ふる》えていて、高野《たかの》くんの本心《ほんしん》が伝《つた》わってくる。

病気《びょうき》を打《う》ち明《あ》けたとき、もっと自分《じぶん》の思《おも》いどおりに生《い》きればいいのにって言《い》ってくれたことを思《おも》い出《だ》す。

いつも寄《よ》り添《そ》ってくれる高野《たかの》くんの優《やさ》しさに、また涙《なみだ》がこぼれたんだ。


病室《びょうしつ》に戻《もど》ると、名良橋《ならはし》くんの姿《すがた》はもうなかった。

「あいつ、帰《かえ》ったのかな。なんで何《なに》も言《い》わないで……」

ため息《いき》をついた高野《たかの》くんがガシガシと頭《あたま》をかく。

「もう遅《おそ》いし、俺《おれ》も帰《かえ》らなきゃ」

「うん。来《き》てくれてありがとう」

気《き》づかう素振《そぶ》りを見《み》せた高野《たかの》くんを笑顔《えがお》で送《おく》り出《だ》す。

すると、タイミングを計《はか》っていたようにカーテンの向《む》こうから声《こえ》がかかった。

瞬間《しゅんかん》、ドキッと心臓《しんぞう》が跳《は》ねる。

「ごめんね、由仁《ゆに》ちゃん。高野《たかの》にもだけど……気《き》をつかわせちゃったよね」

カーテンは閉《と》じられたまま、梨央《りお》さんの声《こえ》が静《しず》かに響《ひび》く。

緊張《きんちょう》して何《なに》も答《こた》えられないでいる私《わたし》に、梨央《りお》さんは話《はな》し続《つづ》けた。

「びっくりしたー。カーテン閉《し》めた途端《とたん》、幼《おさな》なじみの名前《なまえ》が聞《き》こえるんだもん。……ずっと会《あ》いたかったから、なおさら」

梨央《りお》さんの声《こえ》に、いろいろな感情《かんじょう》が交《ま》じる。私《わたし》はそれを、どう受《う》け止《と》めればいいのかわからない。

「……違《ちが》ってたらごめんね。由仁《ゆに》ちゃんはもしかして、由貴《ゆき》のことが好《す》きだったりするのかな」

「……っ」

自覚《じかく》したばっかりの恋心《こいごころ》を言《い》い当《あ》てられて、息《いき》をのむ。

その気配《けはい》を感《かん》じ取《と》ったのか、梨央《りお》さんの小《ちい》さく笑《わら》う声《こえ》がした。

「そうだよね。高野《たかの》が由仁《ゆに》ちゃんを連《つ》れ出《だ》したとき、なんとなくそうなのかなーと思《おも》って」

「……梨央《りお》さんの好《す》きな人《ひと》も、名良橋《ならはし》くん、ですよね？」

「うん、そうだよ」

間髪入《かんぱつい》れずに答《こた》えが返《かえ》ってきて、布団《ふとん》を握《にぎ》る手《て》に力《ちから》が入《はい》る。

「何《なに》も言《い》わずにいなくなったこと、ずっと後悔《こうかい》してた。事情《じじょう》が事情《じじょう》だったから仕方《しかた》なかったんだけど、もう少《すこ》しほかの道《みち》があったんじゃないかって何回《なんかい》も考《かんが》えた」

そばにいたいと願《ねが》う気持《きも》ちも、それが叶《かな》わない痛《いた》みも。想像《そうぞう》がついてしまうから、苦《くる》しい。

「由貴《ゆき》にまた会《あ》えたら、そのときは後悔《こうかい》しないように行動《こうどう》しようって決《き》めてたの。だからね」

ずっと穏《おだ》やかに語《かた》りかけていた梨央《りお》さんの声《こえ》に、力《ちから》がこもったのがわかった。

「今近《いまちか》くにいるのは由仁《ゆに》ちゃんだと思《おも》うけど、負《ま》けないよ」

凛《りん》とした言葉《ことば》に、私《わたし》は何《なに》も言《い》えなかった。

学校《がっこう》に復帰《ふっき》できたのは翌週《よくしゅう》、中間《ちゅうかん》テスト前日《ぜんじつ》だった。

教室《きょうしつ》に入《はい》ると、たくさんの視線《しせん》が私《わたし》に向《む》けられる。

「早坂《はやさか》さんっ」

「心配《しんぱい》したよー！　大丈夫《だいじょうぶ》なの？」

駆《か》け寄《よ》ってきたのは瀬川《せがわ》さんと深津《ふかつ》さんで、私《わたし》は大《おお》げさに笑《わら》ってみせた。

「夜更《よふ》かししてドラマ見《み》たら、貧血起《ひんけつお》こして倒《たお》れちゃった！」

「もう、何《なに》してんのよぅ！　これから徹夜《てつや》は禁止《きんし》だからねー」

「えへへ、はーい」

視線《しせん》をずらして教室《きょうしつ》を見回《みまわ》すと、名良橋《ならはし》くんはもう登校《とうこう》していた。

少《すこ》し緊張《きんちょう》しながらも名前《なまえ》を呼《よ》ぶと、彼《かれ》はゆっくりと顔《かお》を上《あ》げる。

『わざわざ病院《びょういん》に来《き》てくれてありがとう』

『もう大丈夫《だいじょうぶ》だから』

言《い》おうと思《おも》った言葉《ことば》は、氷《こおり》のように冷《つめ》たい視線《しせん》によって喉《のど》の奥《おく》に押《お》し戻《もど》された。

……なんで？　こんな名良橋《ならはし》くん、見《み》たことない。

初対面《しょたいめん》のときだってお互《たが》いに印象《いんしょう》はよくなかったけれど、こんなふうに拒絶《きょぜつ》するような感《かん》じじゃなかった。

もしかして……梨央《りお》さんと、何《なに》かあった……？

「おっ、早坂《はやさか》さん！　もう学校《がっこう》来《き》て大丈夫《だいじょうぶ》なの？」

そんな空気《くうき》を破《やぶ》ったのは、今登校《いまとうこう》してきた高野《たかの》くんだった。

「うん、もう大丈夫《だいじょうぶ》！　残念《ざんねん》なことに、明日《あした》からのテスト受《う》けられるよ」

「そこは表向《おもてむ》きだけでも幸《さいわ》いって言《い》わなきゃ」

「あはは、やっぱり？」

いつもどおりふざけていたら名良橋《ならはし》くんも参加《さんか》してくるだろうと思《おも》った。

だけど高野《たかの》くんはこちらを見《み》ることもなく、椅子《いす》から乱暴《らんぼう》に立《た》ち上《あ》がって教室《きょうしつ》を出《で》ていってしまった。

「な、名良橋《ならはし》くん、何《なに》かあったのかな……」

情《なさ》けなく裏返《うらがえ》ってしまった声《こえ》。

それでも彼《かれ》はいつものように明《あか》るく返《かえ》してくれるんだろう、と思《おも》ってたのに。

「さぁね。あいつのことなんか興味《きょうみ》ないからわかんないや」

初《はじ》めて……高野《たかの》くんの笑顔《えがお》を、怖《こわ》いと思《おも》った。

自分《じぶん》の席《せき》に向《む》かって歩《ある》いていく高野《たかの》くん。いよいよ意味《いみ》がわからなくなって立《た》ち尽《つ》くしていると、ぐいっと腕《うで》を引《ひ》かれた。

引《ひ》いたのは瀬川《せがわ》さんで、そのまま教室《きょうしつ》の隅《すみ》まで連《つ》れていかれる。

「なんか変《へん》なんだよ、あいつら。昨日《きのう》もぜんぜん喋《しゃべ》ってないし」

「え……」

「名良橋《ならはし》が朝《あさ》からずっとおかしかったの。私《わたし》らに対《たい》しても不機嫌《ふきげん》だったけど、高野《たかの》に対《たい》しては一段《いちだん》と酷《ひど》くてさ。結局《けっきょく》、高野《たかの》も我慢《がまん》の限界《げんかい》が来《き》ちゃったみたい」

原因《げんいん》は誰《だれ》も知《し》らないという。

昨日一日《きのういちにち》ってことは、やっぱり一昨日《おととい》、何《なに》かあったの？

どことなく寂《さび》しそうに見《み》える、高野《たかの》くんの背中《せなか》。

結局《けっきょく》、名良橋《ならはし》くんが教室《きょうしつ》に戻《もど》ってきたのは、チャイムが鳴《な》り始《はじ》めてからだった。


テスト前日《ぜんじつ》なので、授業《じゅぎょう》は午前《ごぜん》で終《お》わる。

授業《じゅぎょう》っていっても、テスト前《まえ》はほとんどの時間《じかん》が自習《じしゅう》になる。

四時間目《よじかんめ》の社会《しゃかい》も自習《じしゅう》で、だけど三時間目《さんじかんめ》までと違《ちが》ったのは先生《せんせい》がいないことだった。

担当《たんとう》の先生《せんせい》がお休《やす》みになったらしい。

ところどころでおしゃべりの声《こえ》がする教室《きょうしつ》で、私《わたし》は瀬川《せがわ》さんの机《つくえ》に向《む》かう。

「数学《すうがく》って昨日《きのう》まで授業《じゅぎょう》あったよね？　ノート、見《み》せてもらえないかな？」

「あ、ごめん。数学《すうがく》、昨日《きのう》持《も》って帰《かえ》っちゃった」

申《もう》し訳《わけ》なさそうにした瀬川《せがわ》さんに、首《くび》を振《ふ》る。

深津《ふかつ》さんに聞《き》いてみようかな、と思《おも》ったとき、彼女《かのじょ》が斜《なな》め後《うし》ろの席《せき》にいる高野《たかの》くんを振《ふ》り返《かえ》った。

「高野《たかの》って数学得意《すうがくとくい》だったよね？　昨日《きのう》の範囲《はんい》、早坂《はやさか》さんに教《おし》えてあげてよ」

「えっ!?　それはさすがに申《もう》し訳《わけ》ない……！」

「いいよ。俺《おれ》も今《いま》から数学《すうがく》やろうと思《おも》ってたから」

嘘《うそ》だ！　今《いま》、寝《ね》る体勢《たいせい》だったじゃん！

「早坂《はやさか》さんの前《まえ》の席空《せきあ》いてるから、向《む》こうでしよっか」

机《つくえ》の中《なか》から数学《すうがく》の教科書《きょうかしょ》とノートを取《と》り出《だ》した高野《たかの》くんは、席《せき》を立《た》って先《さき》に私《わたし》の席《せき》のほうに行《い》ってしまった。

高野《たかの》くん、普通《ふつう》だったな……。

いいのかなぁ……と思《おも》いつつ、せっかくなので甘《あま》えることにする。

「ありがとう、瀬川《せがわ》さん」

「ううん。頑張《がんば》ってね！」

私《わたし》の前《まえ》に座《すわ》る子《こ》は、ちょうど友達《ともだち》の元《もと》へ出向《でむ》いておしゃべり中《ちゅう》で席《せき》を外《はず》していた。高《たか》野《の》くんは、その空席《くうせき》に座《すわ》った。

後《うし》ろを向《む》く形《かたち》で、私《わたし》の席《せき》に教科書《きょうかしょ》を広《ひろ》げている。

「結構難《けっこうむずか》しいよ、最後《さいご》のとこ」

「数学《すうがく》あんまり得意《とくい》じゃないんだけど、大丈夫《だいじょうぶ》かなぁ」

「大丈夫《だいじょうぶ》なレベルまで持《も》っていってあげるから心配《しんぱい》ないよ」

爽《さわ》やかな笑顔《えがお》に似《に》つかない、なんとも体育会系《たいいくかいけい》らしいセリフ。

その言葉《ことば》のとおり、高野《たかの》くんの授業《じゅぎょう》はハードだった。

「……うん、正解《せいかい》。これなら、昨日《きのう》の範囲《はんい》は大丈夫《だいじょうぶ》そうだね」

なんとか解《と》いた練習問題《れんしゅうもんだい》に丸《まる》をつけて、高野《たかの》くんがにっこり笑《わら》う。

「ノート借《か》りたかったんだよね。俺《おれ》、使《つか》わないから持《も》って帰《かえ》っていいよ」

「ほんと？　助《たす》かる！」

あとで、写《うつ》させてもらおっと。

ノートを受《う》け取《と》って教科書《きょうかしょ》と一緒《いっしょ》に机《つくえ》の中《なか》にしまったとき、チャイムが鳴《な》った。

終礼《しゅうれい》を終《お》え、みんなが出《で》ていくのを横目《よこめ》に、教室《きょうしつ》に残《のこ》る。借《か》りたノートを写《うつ》してから帰《かえ》ろうと思《おも》ったんだ。

「早坂《はやさか》」

呼《よ》ばれて顔《かお》を上《あ》げると、険《けわ》しい顔《かお》をした名良橋《ならはし》くんが立《た》っていた。

「ちょっと来《き》て」

今《いま》までだったら勝手《かって》に手《て》を引《ひ》くところなのに、彼《かれ》が私《わたし》に触《ふ》れることはなかった。

どうしたの？　いったい、何《なに》があったの……？

不思議《ふしぎ》に思《おも》いながらも、慌《あわ》てて名良橋《ならはし》くんの背中《せなか》を追《お》った。


名良橋《ならはし》くんが足《あし》を止《と》めたのは、人気《ひとけ》のない校舎裏《こうしゃうら》だった。

ここに辿《たど》りつくまでに何度《なんど》か声《こえ》をかけたけれど彼《かれ》が振《ふ》り返《かえ》ることはなく、不安《ふあん》は膨《ふく》れ上《あ》がっていく一方《いっぽう》だった。

ジャリ、と砂《すな》と上靴《うわぐつ》が擦《す》れる音《おと》がして、ようやく彼《かれ》の目《め》がこちらを向《む》いた。

「……付《つ》き合《あ》ってんの？」

「……へ？」

い、今《いま》、なんて……？

首《くび》をかしげた私《わたし》に、名良橋《ならはし》くんが再《ふたた》び口《くち》を開《ひら》く。

「だから……高野《たかの》と付《つ》き合《あ》ってんのかって聞《き》いたんだよ」

じめじめとした生《なま》ぬるい風《かぜ》が吹《ふ》く。

言葉《ことば》の意味《いみ》がよく理解《りかい》できなくて、息《いき》を止《と》めた。

「な……なんで私《わたし》と高野《たかの》くんが……」

「仲《なか》よさげに二人《ふたり》で勉強《べんきょう》してたじゃん」

「それは私《わたし》が昨日《きのう》まで休《やす》んでたから……！」

待《ま》って。何《なに》を言《い》ってるの、名良橋《ならはし》くん。梨央《りお》さんと何《なに》かあったんじゃないの？

「勉強《べんきょう》を教《おし》えてもらうくらい、友達《ともだち》ならべつに普通《ふつう》でしょ？」

「じゃあ、病院《びょういん》の談話室《だんわしつ》で仲良《なかよ》さげだったのは？」

談話室《だんわしつ》でって……名良橋《ならはし》くん、見《み》てたの？

「あ、あれは……私《わたし》が泣《な》いてたから、高野《たかの》くんが気《き》をつかってくれて」

「泣《な》いてた？　なんで？」

まっすぐな目《め》で見《み》つめられて、逃《に》げたくなる。

名良橋《ならはし》くんと梨央《りお》さんの再会《さいかい》が嫌《いや》だった。そんなふうに思《おも》う自分《じぶん》が苦《くる》しかった。初《はじ》めての恋《こい》を自覚《じかく》したのと同時《どうじ》に、終《お》わりが見《み》えたことがつらかった。

そんなこと、言《い》えないよ。

「……名良橋《ならはし》くんには関係《かんけい》ない」

嘘《うそ》だよ。名良橋《ならはし》くんの存在《そんざい》は、私《わたし》のど真《ま》ん中《なか》にあるよ。大切《たいせつ》だから。……ごめんね、言《い》えないんだ。

名良橋《ならはし》くんへの想《おも》いは、知《し》らないうちにこんなにも大《おお》きく育《そだ》っていたんだね。

「名良橋《ならはし》くんはどうだったの？　梨央《りお》さんと話《はな》したんでしょ？」

「……話《はなし》そらすなよ」

「そらしてないよ。名良橋《ならはし》くんには関係《かんけい》ないって言《い》ったじゃん」

喉《のど》の奥《おく》が熱《あつ》い。油断《ゆだん》したら、すぐに涙《なみだ》が溢《あふ》れてきそう。

「クラスメートのお見舞《みま》いに行《い》ったら隣《となり》のベッドに梨央《りお》さんがいたんだもん、びっくりしたでしょ！　貧血起《ひんけつお》こした私《わたし》に感謝《かんしゃ》してよねー」

名良橋《ならはし》くんの顔《かお》、見《み》られないよ。

それでも、早口《はやくち》でまくしたてるように飛《と》び出《だ》す言葉《ことば》たちを、私《わたし》は止《と》めることができなかった。

「梨央《りお》さんも名良橋《ならはし》くんとまた会《あ》えてうれしそうだったし、よかったじゃん。これでもう、夏《なつ》が来《き》ても大丈夫《だいじょうぶ》だよね」

姿《すがた》を消《け》した梨央《りお》さんに私《わたし》を重《かさ》ね、『いなくならないよな』と言《い》って存在《そんざい》を確《たし》かめた。

名良橋《ならはし》くんが怯《おび》えていたのは、〝失《うしな》う〟こと。

失《うしな》ったものを取《と》り戻《もど》した名良橋《ならはし》くんに、私《わたし》はきっと必要《ひつよう》ない。

「私《わたし》も心置《こころお》きなく転校《てんこう》でき――」

言《い》い終《お》える前《まえ》に腕《うで》を引《ひ》かれる。

その瞬間《しゅんかん》は、永遠《えいえん》のようにも一瞬《いっしゅん》のようにも感《かん》じられた。

見開《みひら》いた目《め》が映《うつ》すのは、切《せつ》なく揺《ゆ》れる名良橋《ならはし》くんの黒《くろ》い瞳《ひとみ》。

唇《くちびる》に感《かん》じる熱《ねつ》は――私《わたし》と名良橋《ならはし》くん、どっちの？

「早坂《はやさか》、全然《ぜんぜん》わかってねーよ」

息《いき》がかかる距離《きょり》で、掠《かす》れた声《こえ》が切《せつ》なげに言《い》う。

「ほんと、なんもわかってねー……」

腕《うで》を離《はな》して、名良橋《ならはし》くんが校舎《こうしゃ》へと戻《もど》っていく。

その後《うし》ろ姿《すがた》を呆然《ぼうぜん》と眺《なが》めながら、重《かさ》なった唇《くちびる》にそっと手《て》を当《あ》てた。

「何《なに》、今《いま》の……」

太陽《たいよう》が立《た》ち尽《つ》くす私《わたし》を容赦《ようしゃ》なく照《て》らしつける。

今私《いまわたし》たち、キスした……？

突然《とつぜん》の出来事《できごと》に、頭《あたま》がパンクしそうになる。

なんでキスしたの？　どうしてあんなに怖《こわ》い顔《かお》をしていたの？

名良橋《ならはし》くんが何《なに》を考《かんが》えてるのか、わかんないよ……。

# 自分勝手《じぶんかって》な恋心《こいごころ》

もやもやした気持《きも》ちをかかえたまま、テストの全日程《ぜんにってい》を終《お》えた。

二時間《にじかん》のテストとロングホームルームを終《お》えて帰宅《きたく》した私《わたし》は、ベッドの上《うえ》でゴロゴロしていた。

「……っ」

ふとした瞬間《しゅんかん》に思《おも》い出《だ》す。名良橋《ならはし》くんにキスされたこと。

テスト期間中《きかんちゅう》は、勉強《べんきょう》のことだけを考《かんが》えるようにしていたからまだ大丈夫《だいじょうぶ》だったんだけど……。

あれから、名良橋《ならはし》くんとは話《はな》していない。

テスト期間《きかん》はみんなで楽《たの》しくおしゃべりって雰囲気《ふんいき》でもないし、ほかのみんなとも挨拶《あいさつ》するくらいだった。

けど、テストが終《お》わって、今日《きょう》からまた部活《ぶかつ》があるはず。

ギクシャクしていた名良橋《ならはし》くんと高野《たかの》くんは、大丈夫《だいじょうぶ》なのかな。

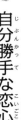

名良橋《ならはし》くんはまだ、私《わたし》と高野《たかの》くんの間《あいだ》に何《なに》かあると思《おも》ってるのかな。

あのとき、どうしてキスなんか……。

ぐるぐる考《かんが》え出《だ》すと止《と》まらなくなる。

いつまで、こんな状態《じょうたい》が続《つづ》くんだろう。

私《わたし》には、一秒《いちびょう》も無駄《むだ》にできる時間《じかん》なんてないのに……。

「あぁもう！」

勢《いきお》いよく起《お》き上《あ》がって、枕元《まくらもと》に置《お》いていたスマホを手《て》に取《と》る。呼《よ》び出《だ》したのは、名良《なら》橋《はし》くんの連絡先《れんらくさき》。

【話《はな》したいことがあります。部活《ぶかつ》が終《お》わってからでいいので、連絡《れんらく》ください】

それだけを送《おく》ったあと、重力《じゅうりょく》に任《まか》せてそっと目《め》を閉《と》じた。


眠《ねむ》りから目《め》を覚《さ》ましたとき、時計《とけい》の針《はり》は六時《ろくじ》を指《さ》していた。

もうこんな時間《じかん》!?

びっくりして起《お》き上《あ》がると、スマホに不在着信《ふざいちゃくしん》が入《はい》っていることに気《き》がつく。

「わわっ」

今《いま》から三十分《さんじっぷん》くらい前《まえ》の不在着信《ふざいちゃくしん》は名良橋《ならはし》くんからのものだった。

せっかく電話《でんわ》をくれていたのに、寝《ね》てて気《き》づけなかった……。

深呼吸《しんこきゅう》してから、折《お》り返《かえ》し電話《でんわ》をかける。呼出音《よびだしおん》はすぐに切《き》れた。

「も、もしもし」

スマホを両手《りょうて》で握《にぎ》り締《し》め、ベッドの上《うえ》で正座《せいざ》をする。

受話口《じゅわぐち》からは、いつものちょっと気《け》だるげな声《こえ》が聞《き》こえてくるんだと思《おも》っていた。

なのに。

《あ、もしもし？　由仁《ゆに》ちゃん？》

鼓膜《こまく》を震《ふる》わせたのは、聞《き》き覚《おぼ》えのある高《たか》い声《こえ》だった。

「梨央《りお》、さん……」

《正解《せいかい》。久《ひさ》しぶりだね》

「なんで、梨央《りお》さんが……」

梨央《りお》さんも私《わたし》もすぐに退院《たいいん》したから、話《はな》すのは初対面《しょたいめん》のあの日《ひ》ぶりだった。

どうして名良橋《ならはし》くんのスマホを、梨央《りお》さんが……？

いろいろな想像《そうぞう》が頭《あたま》の中《なか》に浮《う》かんで、もやもやが心《こころ》の中《なか》に広《ひろ》がる。

そのとき、電話《でんわ》の向《む》こうで聞《き》き慣《な》れた別《べつ》の声《こえ》がした。
《うわ、おい。勝手《かって》に出《で》るなよ》
《あ、ちょっと……》
電話《でんわ》の向《む》こうでガサガサと音《おと》がして、梨央《りお》さんの声《こえ》が遠《とお》くなる。
次《つぎ》に聞《き》こえたのは、大好《だいす》きな人《ひと》の、大好《だいす》きな声《こえ》だった。
《……早坂《はやさか》、か？》
久《ひさ》しぶりに聞《き》く声《こえ》にほっとして、ぴんと張《は》りつめていた気持《きも》ちが緩《ゆる》む。
どうして私《わたし》にキスしたの？　あのとき、なんで怒《おこ》ってたの？
聞《き》きたい言葉《ことば》はいっぱいある。言《い》いたいこともいっぱいある。
だけど……。
「会《あ》いたい……」
考《かんが》えるよりも先《さき》に、口《くち》をついて出《で》た言葉《ことば》。
ドキドキと、心臓《しんぞう》が速《はや》いスピードで走《はし》り出《だ》したのがわかった。
《……今《いま》から行《い》くから、待《ま》ってて》
溢《あふ》れた想《おも》いを、名良橋《ならはし》くんがすくい上《あ》げる。

正義《せいぎ》のヒーローみたいなセリフを言《い》い残《のこ》して、名良橋《ならはし》くんは一方的《いっぽうてき》に通話《つうわ》を切《き》った。

電話《でんわ》のあとも、ドキドキが収《おさ》まらない。

今からって本当《ほんとう》に……？　梨央《りお》さんと一緒《いっしょ》にいるのに、いいの……？

「どうしよう……」

うれしいと思《おも》う気持《きも》ちと、梨央《りお》さんとの時間《じかん》を奪《うば》ったことへの罪悪感《ざいあくかん》が交《ま》ざり合《あ》う。

名良橋《ならはし》くんの幸《しあわ》せを願《ねが》える恋《こい》にしたいって、私《わたし》が言《い》ったのに。

これ以上《いじょう》、好《す》きになっちゃダメなのに……。

それでも、高鳴《たかな》る鼓動《こどう》の抑《おさ》え方《かた》が、私《わたし》にはわからなかった。


しばらくして、インターホンが鳴《な》った。出《で》ると名良橋《ならはし》くんで、彼《かれ》の額《ひたい》には汗《あせ》が浮《う》かんでいた。

「遅《おそ》くなってごめん」

「ううん。来《き》てくれてありがとう」

名良橋《ならはし》くんを家《いえ》の中《なか》に招《まね》き入《い》れ、お茶《ちゃ》を出《だ》す。彼《かれ》はそれを一気《いっき》に飲《の》み干《ほ》した。

「梨央《りお》さんといたのに、わがまま言《い》ってごめんね」

内心《ないしん》ドキドキしながらも梨央《りお》さんの名前《なまえ》を出《だ》すと、コップを持《も》った名良橋《ならはし》くんの動《うご》きが一瞬《いっしゅん》止《と》まる。

「……行《い》くって言《い》ったの俺《おれ》だし、早坂《はやさか》が気《き》にすることない」

ふいっとそらされた顔《かお》が険《けわ》しかったのを、私《わたし》は見逃《みのが》さなかった。

嘘《うそ》だ。絶対《ぜったい》、何《なに》かあった。

だけどそれ以上《いじょう》踏《ふ》み込《こ》むことができなくて、私《わたし》はきゅっと口《くち》を結《むす》んだ。

「…………」

「…………」

私《わたし》たちの間《あいだ》に、沈黙《ちんもく》が落《お》ちる。

会《あ》いたいとは言《い》ったものの、何《なに》から話《はな》せばいいんだろう。

重苦《おもくる》しい空気《くうき》を破《やぶ》ったのは、名良橋《ならはし》くんだった。

「ごめん」

私《わたし》に向《む》かって、がばっと頭《あたま》を下《さ》げた名良橋《ならはし》くん。

「ずっと嫌《いや》な態度《たいど》とってた。それに、キスだって……」

「謝《あやま》らないで！」

考《かんが》えるよりも先《さき》に、声《こえ》が出《で》ていた。

名良橋《ならはし》くんがびっくりしたように顔《かお》を上《あ》げる。

「名良橋《ならはし》くんは嫌《いや》だった？　私《わたし》にキスしたのは、気《き》の迷《まよ》いだったの？」

「いや、そんなことは……」

「だったら謝《あやま》んなくていい！　私《わたし》も嫌《いや》じゃなかったことを、謝《あやま》られたくないよ！」

謝《あやま》って、なかったことにされるなんて嫌《いや》。

何気《なにげ》にすごいことを口走《くちばし》っちゃったような気《き》がするけど、今《いま》の私《わたし》には言《い》ったことを振《ふ》り返《かえ》る余裕《よゆう》はなかった。

高《たか》ぶった感情《かんじょう》を一気《いっき》に吐《は》き出《だ》すと、ぽかんとしていた名良橋《ならはし》くんが柔《やわ》らかく笑《わら》う。

「わかった。もう謝《あやま》んねーよ」

その姿《すがた》は私《わたし》がよく知《し》る名良橋《ならはし》くんで、ほっと胸《むね》を撫《な》で下《お》ろした。

「みんなにも謝《あやま》んないとな。俺《おれ》のせいで空気悪《くうきわる》くなってたし」

うーん、それはフォローできない。

曖昧《あいまい》に笑《わら》うと、名良橋《ならはし》くんも苦《にが》い表情《ひょうじょう》を浮《う》かべる。

「とくに高野《たかの》。結局《けっきょく》、あいつには八《や》つ当《あ》たりしてただけだったしなぁ……」

「八《や》つ当《あ》たり？　なんで？」

「……内緒《ないしょ》」

べ、と舌《した》を出《だ》してイジワルに笑《わら》う名良橋《ならはし》くん。

「え、なんで！　教《おし》えてくれたっていいじゃんか！」

「やだね。絶対教《ぜったいおし》えねー」

「なんでよー！」

私《わたし》が突《つ》っかかって、また笑《わら》い合《あ》って……。

よかった、普通《ふつう》だ。今《いま》までどおりの、私《わたし》たちだ。

そうだ、と話《はなし》の合間《あいま》に名良橋《ならはし》くんが切《き》り出《だ》す。

「時間《じかん》あるときでいいから、また紡《つむぎ》に会《あ》ってやってくれないか？」

「いいけど、どうして？」

首《くび》をかしげると、名良橋《ならはし》くんが苦《にが》い顔《かお》をした。

「最近《さいきん》、親《おや》の仕事《しごと》が忙《いそが》しくてさ。俺《おれ》と二人《ふたり》に飽《あ》きたみたいで、しょっちゅう泣《な》かれる」

「大変《たいへん》だね、お兄《にい》ちゃん……。私《わたし》でよければ、ぜひ」

私《わたし》もまた紡《つむぎ》ちゃんに会《あ》いたいし。私《わたし》が頷《うなず》くと、名良橋《ならはし》くんはうれしそうにはにかんだ。

「そういえば、名良橋《ならはし》くんの誕生日《たんじょうび》ってもうすぐだよね？」

「うん。来月《らいげつ》の五日《いつか》だな」

六月五日《ろくがついつか》はもうすぐだ。

「じゃあさ、来週《らいしゅう》の日曜日《にちようび》にでも、紡《つむぎ》ちゃんと三人《さんにん》でどこか行《い》かない？」

「え？」

「うちじゃ紡《つむぎ》ちゃんが楽《たの》しめるようなものないし、誕生日《たんじょうび》のお祝《いわ》いも兼《か》ねてさ！」

名案《めいあん》だと思《おも》って意気揚々《いきようよう》と言《い》ったものの、名良橋《ならはし》くんは浮《う》かない表情《ひょうじょう》。

「ごめん、日曜日《にちようび》は部活《ぶかつ》の大会《たいかい》があって」

あ……そっか、そうだよね。名良橋《ならはし》くん、バスケ部《ぶ》なんだもんね。

私《わたし》にはもう関係《かんけい》ないと思《おも》って忘《わす》れてたけど、学校《がっこう》が休《やす》みの日《ひ》でも練習《れんしゅう》や試合《しあい》があるんだった。

「再来週《さらいしゅう》の土曜日《どようび》はどうだ？　部活《ぶかつ》、一日《いちにち》オフなんだ」

しゅんとしていたところに、思《おも》いがけない提案《ていあん》がされた。

思《おも》わず、目《め》をキラキラと輝《かがや》かせてしまう。

「空《あ》いてる！　大丈夫《だいじょうぶ》！」

「じゃあ決《き》まりだな」

忘《わす》れんなよ、と名良橋《ならはし》くんが私《わたし》のおでこを軽《かる》く小突《こづ》いた。

もう。忘《わす》れるわけないじゃん。きっと夢《ゆめ》にだって出《で》てくるよ。

「えへへ、楽《たの》しみ。どこ行《い》きたいか、考《かんが》えててね」

「どこでもいいよ。早坂《はやさか》が決《き》めろよ」

「ダメだよ、名良橋《ならはし》くんの誕生日《たんじょうび》なんだから」

言《い》うと、名良橋《ならはし》くんは柔《やわ》らかく笑《わら》う。

「じゃあ早坂《はやさか》も、自分《じぶん》の誕生日《たんじょうび》に行《い》きたい場所《ばしょ》、ちゃんと考《かんが》えててな」

「……うん」

私《わたし》の誕生日《たんじょうび》、お祝《いわ》いしてくれるんだ……。

胸《むね》が鳴《な》る一方《いっぽう》で、素直《すなお》に喜《よろこ》べない私《わたし》がいる。

私《わたし》の誕生日《たんじょうび》は約一《やくいっ》か月後《げつご》。

そのとき私《わたし》は、まだここにいるのかな。

ちゃんと、十五歳《じゅうごさい》になれるのかな……。

ダメだって思《おも》うのに、未来《みらい》の約束《やくそく》を取《と》りつけてしまった。

理性《りせい》と本能《ほんのう》がぶつかり合《あ》って、迷路《めいろ》に迷《まよ》い込《こ》んでしまう。

梨央《りお》さんのことだってそう。名良橋《ならはし》くんにとって梨央《りお》さんは大切《たいせつ》な人《ひと》で、私《わたし》といるより彼女《かのじょ》と過《す》ごすほうがずっといいはずなのに……。

顔《かお》を上《あ》げると、名良橋《ならはし》くんと視線《しせん》が絡《から》む。

「よかったらなんだけど、日曜日《にちようび》の大会《たいかい》、観《み》に来《こ》ないか？」

「え……っ」

「早坂《はやさか》が転校《てんこう》する前《まえ》に……一度《いちど》でいいから、俺《おれ》のプレーする姿《すがた》を見《み》てほしいと思《おも》ったんだ」

少《すこ》し恥《は》ずかしそうにしながらも、まっすぐな言葉《ことば》で伝《つた》えてくれる名良橋《ならはし》くん。

私《わたし》には、明日《あした》の保証《ほしょう》がない。でも……。

「行《い》く」

私《わたし》もまっすぐに彼《かれ》を見《み》つめて、答《こた》える。

「行《い》くよ。名良橋《ならはし》くんがコートを走《はし》る姿《すがた》を、しっかりと目《め》に焼《や》きつけたい」

やっぱり私《わたし》は、どこまでも嘘《うそ》つきだね。

彼《かれ》を傷《きず》つけることになるってわかってるのに、離《はな》れたくないって心《こころ》が叫《さけ》ぶんだ。

できることなら、閉《と》じ込《こ》めてしまいたかった。

閉《と》じ込《こ》めて、いっそ殺《ころ》してしまいたかったけど……人生最初《じんせいさいしょ》で最後《さいご》の私《わたし》の恋《こい》は、どんな箱《はこ》にも収《おさ》まり切《き》らなかったみたい。

名良橋《ならはし》くんが好《す》き。

ぶっきらぼうなところもあるけど、ほんとは優《やさ》しくてまっすぐな名良橋《ならはし》くんのことが。

大《おお》げさかもしれないけど、たぶん、世界《せかい》で一番《いちばん》好《す》きだ。

私《わたし》の命《いのち》が尽《つ》きても……この想《おも》いだけは、誰《だれ》にも消《け》せない。

## 青天《せいてん》の霹靂《へきれき》

頑張《がんば》って早起《はやお》きして、いつもより十五分早《じゅうごふんはや》く家《いえ》を出《で》た。

門《もん》の前《まえ》にはまだ先生《せんせい》が立《た》っていなくて、普段《ふだん》はごった返《がえ》している昇降口《しょうこうぐち》もすいていた。

「おはよ、早坂《はやさか》さん」

「おはよう」

すでに登校《とうこう》してきていた瀬川《せがわ》さんと深津《ふかつ》さん、伊東《いとう》くんと挨拶《あいさつ》を交《か》わす。

教室《きょうしつ》には、私《わたし》たち以外誰《いがいだれ》もいない。

「あ、高野《たかの》からメッセージ来《き》てる」

「なんて？」

「待《ま》ち伏《ぶ》せ成功《せいこう》。合流《ごうりゅう》して、今一緒《いまいっしょ》に学校《がっこう》に向《む》かってるってさ」

「じゃあ、早《はや》く完成《かんせい》させちゃおう」

名良橋《ならはし》くんの机《つくえ》のまわりに集《あつ》まって、それぞれに持《も》ち寄《よ》った袋《ふくろ》を掲《かか》げる。

目《め》を見合《みあ》わせて、四人全員《よにんぜんいん》がにやりと笑《わら》った。

クラスメートたちがぽつぽつと登校し始《はじ》めたとき、廊下《ろうか》に高野《たかの》くんの姿《すがた》が見《み》えた。

それを合図《あいず》に一斉《いっせい》に構《かま》え、彼《かれ》の姿《すがた》が見《み》えた瞬間《しゅんかん》、紐《ひも》を引《ひ》っ張《ぱ》った。

──パンパンパン！

乾《かわ》いた音《おと》が廊下《ろうか》にまで響《ひび》き渡《わた》る。

クラッカーから飛《と》び出《だ》したたくさんの紙吹雪《かみふぶき》。それを浴《あ》びた名良橋《ならはし》くんは、これでもかってくらい、目《め》をまん丸《まる》にしていた。

「誕生日《たんじょうび》おめでとー！」

伊東《いとう》くんが叫《さけ》ぶと、教室《きょうしつ》のあちこちで拍手《はくしゅ》が沸《わ》き起《お》こる。

今日《きょう》は、六月五日《ろくがついつか》。名良橋《ならはし》くんの誕生日《たんじょうび》だ。

「は……え……!?」

名良橋《ならはし》くんはいまだに状況《じょうきょう》をのみ込《こ》めていない様子《ようす》で、ぱちぱちと瞬《まばた》きを繰《く》り返《かえ》しながら私《わたし》たちを順番《じゅんばん》に見《み》た。

「いつもは会《あ》わない高野《たかの》と道《みち》で会《あ》ったのって……」

「名良橋《ならはし》が来《く》るタイミングわかんないから、待《ま》ち伏《ぶ》せしてもらいましたー」

「ほら、早《はや》く席《せき》につけって」

高野《たかの》くんが名良橋《ならはし》くんの背中《せなか》を押《お》して、彼《かれ》の席《せき》まで連《つ》れていく。

そこは名良橋《ならはし》くんの席《せき》に変《か》わりはないけど、いつもとちょっと違《ちが》うんだ。

「これ……」

「名良橋由貴《ならはしゆき》バースデータワーだ！」

伊東《いとう》くんの言《い》うとおり、名良橋《ならはし》くんの机《つくえ》の上《うえ》にはお菓子《かし》のタワーが建《た》っている。

それぞれでお菓子《かし》を持《も》ち寄《よ》って、頑張《がんば》って積《つ》み上《あ》げた。

高野《たかの》くんの分《ぶん》は、昨日《きのう》のうちに伊東《いとう》くんに預《あず》けておいたらしい。

「びっくりした？」

言葉《ことば》を失《うしな》っている名良橋《ならはし》くんがこくこくと頷《うなず》くと、瀬川《せがわ》さんが「大成功《だいせいこう》！」と満足《まんぞく》そうに深津《ふかつ》さんとハイタッチする。

「……ありがと、みんな。すっげーうれしい」

固《かた》まっていた名良橋《ならはし》くんの表情《ひょうじょう》がふわりと綻《ほころ》ぶ。

伊東《いとう》くんが照《て》れ隠《かく》しのように名良橋《ならはし》くんの肩《かた》に腕《うで》を回《まわ》した。

「来年《らいねん》はもっと祝《いわ》うぞ！　再来年《さらいねん》はさらに盛大《せいだい》に祝《いわ》ってやる！」

「ははっ、楽《たの》しみだなそれは。期待《きたい》してるよ」

仲間《なかま》に囲《かこ》まれて、名良橋《ならはし》くんは幸《しあわ》せそう。

私《わたし》もそこに交《ま》ざって、何度《なんど》もおめでとうって伝《つた》えた。

名良橋《ならはし》くんがこの素敵《すてき》な仲間《なかま》たちに次《つぎ》の誕生日《たんじょうび》を祝《いわ》ってもらうとき、私《わたし》はここにいない。

だから来年《らいねん》の分《ぶん》も再来年《さいらいねん》の分《ぶん》も……これから先《さき》の何十年分《なんじゅうねんぶん》のおめでとうを、こっそりと十五歳《じゅうごさい》の誕生日《たんじょうび》に込《こ》めたんだ。


「ありがとうございました」

黒木先生《くろきせんせい》にお礼《れい》を言《い》ってから、診察室《しんさつしつ》を出《で》た。

定期検診《ていきけんしん》のため訪《おとず》れた病院《びょういん》。土曜日《どようび》の診察《しんさつ》は午前《ごぜん》だけで、正午《しょうご》をとっくに過《す》ぎた廊下《ろうか》に人影《ひとかげ》はない。

病院《びょういん》に来《く》るときは晴《は》れていたのに、外《そと》はすっかり雨模様《あめもよう》。

窓《まど》を打《う》ちつける雨《あめ》は徐々《じょじょ》に激《はげ》しさを増《ま》していて、いよいよ梅雨《つゆ》がやってきたのだと感《かん》じさせる。

お姉《ねえ》ちゃん、今日《きょう》は仕事《しごと》で来《こ》られなかったから心配《しんぱい》してるだろうな。帰《かえ》る前《まえ》に連絡《れんらく》しておこう。

診察室《しんさつしつ》の前《まえ》の椅子《いす》にカバンを下《お》ろしてスマホを取《と》り出《だ》そうとしたとき、背後《はいご》の扉《とびら》が静《しず》かに開《ひら》いた。振《ふ》り返《かえ》ると、黒木先生《くろきせんせい》が立《た》っていた。

「由仁《ゆに》ちゃん、ごめん。やっぱり、ちゃんと言《い》っておくべきだと思《おも》って」

私《わたし》が返事《へんじ》をするよりも先《さき》に、彼女《かのじょ》の口《くち》が再《ふたた》び動《うご》いた。

「今《いま》の由仁《ゆに》ちゃんは、いつ倒《たお》れてもおかしくないよ。正直《しょうじき》……今《いま》の生活《せいかつ》を続《つづ》けるのは、もう限界《げんかい》だと思《おも》う」

「それは……入院《にゅういん》しろってことですか？」

私《わたし》の問《と》いかけに、黒木先生《くろきせんせい》は答《こた》えない。無言《むごん》、それは一種《いっしゅ》の肯定《こうてい》だ。

「……嫌《いや》です。絶対《ぜったい》に嫌《いや》」

「由仁《ゆに》ちゃん、気持《きも》ちはわかるんだけど……」

「だって、まだ動《うご》くもん！」

つい荒《あら》げてしまった声《こえ》が、人気《ひとけ》のない廊下《ろうか》に響《ひび》き渡《わた》った。

病院《びょういん》だということを思《おも》い出《だ》して、声《こえ》をひそめる。

「確《たし》かに最近《さいきん》は……頭痛《ずつう》もめまいも浮遊感《ふゆうかん》も、頻繁《ひんぱん》に感《かん》じていました」

病気《びょうき》が進行《しんこう》しているのは、毎日《まいにち》の生活《せいかつ》の中《なか》で感《かん》じていた。

「でも、まだ動《うご》くんです。手《て》も、足《あし》も……腫瘍《しゅよう》がある頭《あたま》だって、ボロボロかもしれないけどちゃんと動《うご》いてる……！」

勝手《かって》なことを言《い》ってるってことも、黒木先生《くろきせんせい》が私《わたし》のためを思《おも》って言《い》ってくれてることも、知《し》ってる。

倒《たお》れたらまたまわりに迷惑《めいわく》をかけることになるってわかってるけど……それでも私《わたし》は、まだ日常《にちじょう》を諦《あきら》めたくないんだよ。

明日《あした》の名良橋《ならはし》くんのバスケの試合《しあい》だって観《み》に行《い》かなくちゃならないのに。

「たとえ道端《みちばた》で死《し》ぬことになってもいいから……せめて、体《からだ》の自由《じゆう》が利《き》かなくなるまでは、今《いま》の生活《せいかつ》を送《おく》らせてください」

病院《びょういん》という名《な》の鉄格子《てつごうし》の鳥《とり》カゴの中《なか》は、息《いき》を止《と》めるよりも息苦《いきぐる》しい。

病気《びょうき》をそばに感《かん》じるベッドの上《うえ》には、戻《もど》りたくないんだ。

「由仁《ゆに》ちゃん……」

私《わたし》たち以外誰《いがいだれ》もいない廊下《ろうか》に、黒木先生《くろきせんせい》の声《こえ》が静《しず》かに落《お》ちる。

そう。私《わたし》たち以外誰《いがいだれ》もいない——はずだった。

「……今《いま》の話《はなし》、どういうこと……？」

静《しず》かな空気《くうき》に、私《わたし》でも黒木先生《くろきせんせい》でもない声《こえ》が響《ひび》く。

ぎょっとして声《こえ》のしたほうを振《ふ》り向《む》くと、柱《はしら》の陰《かげ》から見覚《みおぼ》えのある人物《じんぶつ》が現《あらわ》れた。

「梨央《りお》……さん……」

震《ふる》える唇《くちびる》でそこに立《た》つ彼女《かのじょ》の名前《なまえ》を辿《たど》ると、彼女《かのじょ》の目《め》にじわりと涙《なみだ》が浮《う》かんだ。


受付《うけつけ》でお会計《かいけい》を済《す》ませ、待《ま》ち合《あ》いの椅子《いす》に座《すわ》る。

隣《となり》に座《すわ》る梨央《りお》さんは、俯《うつむ》いたまま顔《かお》を上《あ》げなかった。

正直《しょうじき》、ものすごく気《き》まずい。病気《びょうき》の話《はなし》を聞《き》かれてしまったこともそうだけど、彼女《かのじょ》にとって私《わたし》は、恋《こい》の邪魔者《じゃまもの》だと思《おも》うから。

「黒木先生《くろきせんせい》の診察《しんさつ》が終《お》わるのを待《ま》ってたの」

「え……？」

梨央《りお》さんが静《しず》かに話《はな》し始《はじ》めて、私《わたし》は耳《みみ》を傾《かたむ》ける。

「今日《きょう》の検診《けんしん》でもう病院《びょういん》に来《こ》なくていいことになったから、よくしてくれた黒木先生《くろきせんせい》にどうしても最後《さいご》に挨拶《あいさつ》がしたくて」

「……うん」

「最後《さいご》の患者《かんじゃ》さんの診察《しんさつ》が終《お》わったと思《おも》ったら、黒木先生《くろきせんせい》まで廊下《ろうか》に出《で》てきて……。由仁《ゆに》ちゃんって呼《よ》んだから、びっくりした」

「………」

「初《はじ》めは、別人《べつじん》かと思《おも》った。でも、私《わたし》の知《し》ってる由仁《ゆに》ちゃんの声《こえ》が聞《き》こえてきて……由仁《ゆに》ちゃんの担当医《たんとうい》が黒木先生《くろきせんせい》だったことを思《おも》い出《だ》したの」

黒木先生《くろきせんせい》がきっかけで、初《はじ》めに話《はなし》をしたことを思《おも》い出《だ》す。

「聞《き》き耳《みみ》を立《た》てるつもりはなかったけど……ごめん、全部《ぜんぶ》聞《き》いちゃった」

「……うん」

「ねぇ由仁《ゆに》ちゃん。さっきの話《はなし》、どういうことなの……？」

顔《かお》を上《あ》げた梨央《りお》さんの白《しろ》い頬《ほお》は濡《ぬ》れていた。

さっきの会話《かいわ》が聞《き》こえてたんだとしたら、もうごまかせない。

「……がんなんだ。見《み》つかったときにはかなり進行《しんこう》してて、すぐに治療《ちりょう》を始《はじ》めたけど、あんまり効果《こうか》がなくて」

梨央《りお》さんの表情《ひょうじょう》が固《かた》まったのがわかった。

つらい出来事《できごと》を穏《おだ》やかに話《はな》せていることに、自分《じぶん》でも驚《おどろ》いていた。

「もって夏《なつ》までだって、言《い》われた」

「それって……」

震《ふる》える声《こえ》で聞《き》く梨央《りお》さんに、私《わたし》は小《ちい》さく頷《うなず》く。

「私《わたし》ね……もうすぐ死《し》ぬんだ。先生《せんせい》ははっきり言《い》わないけど、たぶん、夏《なつ》までもたないと思《おも》う」

もって夏《なつ》まで。逆《ぎゃく》に言《い》えば、夏《なつ》までもたない可能性《かのうせい》もあるってこと。

「由貴《ゆき》……。由貴《ゆき》は、このこと知《し》ってるの!?」

詰《つ》め寄《よ》られて、私《わたし》は頭《あたま》を横《よこ》に振《ふ》る。

「名良橋《ならはし》くんには……夏《なつ》に転校《てんこう》するって嘘《うそ》をついてる」

「何《なに》、それ……っ」

「転校《てんこう》なら、いなくなっても誰《だれ》も疑《うたが》わない。便利《べんり》な嘘《うそ》だと思《おも》わない？」

へラっと笑《わら》った私《わたし》の頬《ほお》に、すらりとした指《ゆび》が添《そ》えられた。

潤《うる》んだ瞳《ひとみ》に近《ちか》くで見《み》つめられて、身動《みうご》きがとれなくなってしまう。

「大事《だいじ》なことを打《う》ち明《あ》けてくれたのに、なんで本音《ほんね》を隠《かく》そうとするの」

「……っ」

「病気《びょうき》を知《し》った私《わたし》の前《まえ》でまで、無理《むり》して笑《わら》わなくていいじゃんか！」

梨央《りお》さんと名良橋《ならはし》くんが幼《おさな》なじみだということ、すごく納得《なっとく》できる。

二人《ふたり》とも、まっすぐで、強《つよ》い人《ひと》。

「えへへ……梨央《りお》さん、ありがとう」

「だから、笑《わら》わなくていいって言《い》ってるでしょぉ……？」

笑《わら》った私《わたし》の首《くび》に、梨央《りお》さんが腕《うで》を回《まわ》す。

私《わたし》を包《つつ》む優《やさ》しい温《ぬく》もりの中《なか》で、堪《こら》え切《き》れ

なくなった涙《なみだ》が次々《つぎつぎ》と溢《あふ》れた。

「無理《むり》して作《つく》った笑顔《えがお》じゃないからいいの」

静《しず》かな病院《びょういん》のロビーで、私《わたし》たちはわんわん声《こえ》を上《あ》げて泣《な》いた。


病院《びょういん》を出《で》たところで、目《め》を腫《は》らした梨央《りお》さんが何《なに》かを思《おも》い出《だ》したように声《こえ》を漏《も》らした。

視線《しせん》を向《む》けると、にやりと笑《え》みを返《かえ》される。

「私《わたし》、由貴《ゆき》に告白《こくはく》したよ」

「えっ!?」

目《め》をまん丸《まる》にした私《わたし》の反応《はんのう》がよほどおもしろかったのか、ケタケタ笑《わら》う梨央《りお》さん。

「この前《まえ》、勝手《かって》に由仁《ゆに》ちゃんからの電話《でんわ》に出《で》たときにね。私《わたし》を置《お》いていこうとする由貴《ゆき》を引《ひ》き留《と》めたくて、思《おも》わず気持《きも》ちごと言《い》っちゃった」

「そ、それで?」

ごくりと唾《つば》を飲《の》んだ私《わたし》のおでこを、梨央《りお》さんが軽《かる》く小突《こづ》いた。

「振《ふ》られたよ。ま、わかってたけどさ」

私《わたし》の家《いえ》とは逆方向《ぎゃくほうこう》に一歩《いっぽ》踏《ふ》み出《だ》し、明《あか》るい笑顔《えがお》を弾《はじ》けさせる。

「私《わたし》じゃダメだった。あいつの心《こころ》を動《うご》かせなかった！」

「梨央《りお》さん……」

「でも、由仁《ゆに》ちゃんはわかんないよ。未来《みらい》がどうであれ、後悔《こうかい》しない道《みち》を選《えら》んで」

また会《あ》おうね。そう言《い》い残《のこ》して、梨央《りお》さんは振《ふ》り返《かえ》ることなく歩《ある》いていった。


名良橋《ならはし》くんからの不在着信《ふざいちゃくしん》に気《き》づいたのは、家《いえ》に帰《かえ》りついてからだった。

電話《でんわ》なんて珍《めずら》しい。

しかも、まだ真《ま》っ昼間《ぴるま》。明日《あした》の試合《しあい》に向《む》けて練習《れんしゅう》に励《はげ》んでいるはずの時間帯《じかんたい》にかけてくるということは、何《なに》かあったのかな。

電話《でんわ》をかけ直《なお》すと、少《すこ》しの間《ま》のあと、名良橋《ならはし》くんは電話《でんわ》に出《で》た。

「もしもし、早坂《はやさか》です。電話《でんわ》、出《で》られなくてごめんね。どうかした？」

《いきなり電話《でんわ》してごめん。非常識《ひじょうしき》なことだってわかってるんだけど……》

言《い》いづらそうに言葉《ことば》を切《き》った名良橋《ならはし》くん。電話《でんわ》の向《む》こうで、軽《かる》く息《いき》を吸《す》う音《おと》が聞《き》こえた。

《紡《つむぎ》のお迎《むか》え、頼《たの》めないか？》
「へっ⁉」
さすがに予想《よそう》を越《こ》えていた内容《ないよう》に、名良橋《ならはし》くんが説明《せつめい》を加《くわ》える。
《今日《きょう》も俺《おれ》が行《い》く予定《よてい》だったんだけど、急《きゅう》に練習《れんしゅう》終《お》わる時間《じかん》が遅《おそ》くなって間《ま》に合《あ》いそうにないんだ》
「試合前《しあいまえ》だもんね……」
《親《おや》とも連絡《れんらく》つかなくて、とっさに思《おも》い浮《う》かんだのが早坂《はやさか》だったんだ》
今《いま》、一人《ひとり》でよかった。
とっさに思《おも》い浮《う》かんだなんて好《す》きな人《ひと》に言《い》われたら、にやけちゃうもん。
「いいよ。お迎《むか》えに行《い》って、そのあとうちで預《あず》かってる」
《ほんとか⁉》
「うん。今日《きょう》はこのあと予定《よてい》もないし、お姉《ねえ》ちゃんも出張《しゅっちょう》でいないし」
《頼《たよ》ってばっかでごめん。助《たす》かるよ》
「いいって。その代《か》わり、明日《あした》の試合《しあい》でちゃんと活躍《かつやく》してね」
私《わたし》が言《い》うと、彼《かれ》は電話《でんわ》の向《む》こうで笑《わら》った。

名良橋《ならはし》くんのことだから、言《い》われなくても、きっと活躍《かつやく》しちゃうんだろうけれど。

《あとで保育園《ほいくえん》の地図《ちず》送《おく》るよ。園《えん》には早坂《はやさか》が行《い》くって連絡入《れんらくい》れとくから、頼《たの》むな》

「わかった。練習《れんしゅう》、頑張《がんば》ってね」

電話《でんわ》を切《き》って、一分《いっぷん》もたたないうちに地図《ちず》が届《とど》く。

保育園《ほいくえん》は、うちから歩《ある》いても十分《じっぷん》ほどのところにあるみたいだった。


夕方《ゆうがた》、傘《かさ》を片手《かたて》に家《いえ》を出《で》る。

名良橋《ならはし》くんが連絡《れんらく》をしておいてくれたからか、お迎《むか》えはスムーズに済《す》んだ。

私《わたし》のこと、覚《おぼ》えてくれてるかな……なんて心配《しんぱい》も、紡《つむぎ》ちゃんが「ねーね」って呼《よ》んでくれたから、吹《ふ》っ飛《と》んだ。

紡《つむぎ》ちゃんの手《て》を引《ひ》いて家《いえ》に帰《かえ》りつくころには、雨足《あまあし》は激《はげ》しさを増《ま》していた。


「ねーね、おなかすいたぁ」

遊《あそ》び始《はじ》めてしばらくしたころ、膝《ひざ》の上《うえ》に座《すわ》っていた紡《つむぎ》ちゃんがお腹《なか》を押《お》さえた。

「もう十九時前《じゅうくじまえ》だもんね。ご飯《はん》にしよっか」

こんなこともあろうかと、お迎《むか》えの前《まえ》にご飯《はん》を作《つく》っておいたのだ。前《まえ》に紡《つむぎ》ちゃんがうちに来《き》たとき、アレルギーはないって聞《き》いていたし、もし食《た》べなくても明日《あした》のご飯《はん》にすればいいと思《おも》って。

「準備《じゅんび》するから、ちょっと待《ま》っててね」

「うん！」

作《つく》っておいたハンバーグを温《あたた》めようとキッチンに立《た》ったところで、ポケットの中《なか》のスマホが震《ふる》えた。

画面《がめん》には、名良橋《ならはし》くんの名前《なまえ》。

「もしもし」

《ごめん、今《いま》やっと練習《れんしゅう》終《お》わった。ミーティングして、二十分《にじっぷん》くらいでそっちにつくと思《おも》う》

「わかった。待《ま》ってるね」

手短《てみじか》に電話《でんわ》を済《す》ませて紡《つむぎ》ちゃんに声《こえ》をかける。

「にーに、もうすぐ来《く》るって」

「ほんと？」

「うん。ご飯《はん》食《た》べて待《ま》ってようね」

名良橋《ならはし》くんの帰《かえ》りを伝《つた》えた途端《とたん》、紡《つむぎ》ちゃんの表情《ひょうじょう》がぱあっと明《あか》るくなった。

それからご飯《はん》を準備《じゅんび》して、紡《つむぎ》ちゃんに食《た》べさせてあげる。

「にーに、おそいねぇ」

ご飯《はん》を食《た》べ終《お》えたころ、紡《つむぎ》ちゃんが玄関《げんかん》に視線《しせん》を向《む》けた。

確《たし》かに。スマホで時間《じかん》を確認《かくにん》すると、電話《でんわ》を切《き》ってから四十分近《よんじっぷんちか》くたっている。

ミーティングが長引《ながび》いてるのかな。

急《きゅう》に練習《れんしゅう》の時間《じかん》が長《なが》くなるくらいだし、ありえるよね……。

相変《あいか》わらず窓《まど》の外《そと》は強《つよ》い雨《あめ》が降《ふ》っていて、遠《とお》くで雷《かみなり》も鳴《な》っている。

「紡《つむぎ》ちゃん、お絵《え》かきでもして――」

待《ま》ってようか。続《つづ》く言葉《ことば》は、スマホが震《ふる》えて飲《の》み込《こ》んだ。

名良橋《ならはし》くんかな？

スマホを手《て》に取《と》り、画面《がめん》を確認《かくにん》すると。

「……高野《たかの》くん？」

表示《ひょうじ》されていたのは私《わたし》たち二人《ふたり》が心待《こころま》ちにしている彼《かれ》ではなく、名良橋《ならはし》くんと同《おな》じで部活終《ぶかつお》わりのはずの高野《たかの》くんの名前《なまえ》だった。

なんだろ……？

「もしもし、高野《たかの》くん？」

紡《つむぎ》ちゃんの視線《しせん》を受《う》けながら高野《たかの》くんを呼《よ》ぶけど、応答《おうとう》がない。

不思議《ふしぎ》に思《おも》ってもう一度《いちど》声《こえ》をかけると、消《き》え入《い》りそうな声《こえ》が聞《き》こえた。

手《て》からスマホが滑《すべ》り落《お》ちる。全身《ぜんしん》から力《ちから》が抜《ぬ》けていくのがわかった。

「ねーね？　どうしたの？」

心配《しんぱい》そうな紡《つむぎ》ちゃんにも、すぐに応《こた》えることができない。

どうして。さっき、電話《でんわ》で話《はな》したのに。二十分《にじっぷん》くらいでつくって言《い》ったのに。窓《まど》の外《そと》が

ピカッと光《ひか》り、雷鳴《らいめい》が轟《とどろ》く。

《名良橋《ならはし》が、事故《じこ》った》

神様《かみさま》は、どこまでも意地悪《いじわる》だ。

第三章《だいさんしょう》

## 最後《さいご》の瞬間《しゅんかん》まで

高野《たかの》くんが教《おし》えてくれた名良橋《ならはし》くんの搬送先《はんそうさき》は、私《わたし》が通《かよ》う病院《びょういん》だった。

病院《びょういん》のロータリーにタクシーを停《と》めてもらい、お釣《つ》りを受《う》け取《と》る時間《じかん》ももどかしく外《そと》に出《で》る。

紡《つむぎ》ちゃんを連《つ》れて玄関《げんかん》に向《む》かうと、ロビーに高野《たかの》くんの姿《すがた》を見《み》つけた。

「高野《たかの》くん！」

夜《よる》のロビーは薄暗《うすぐら》く、緊急事態《きんきゅうじたい》だということを突《つ》きつけられた気分《きぶん》だった。

「紡《つむぎ》ちゃん、おいで」

不安《ふあん》そうにする紡《つむぎ》ちゃんを抱《だ》きかかえ、高野《たかの》くんは大股《おおまた》で歩《ある》き始《はじ》めた。

「まだ治療中《ちりょうちゅう》だから、状況《じょうきょう》はわからないんだけど」

静《しず》かな廊下《ろうか》をいつもの倍《ばい》ほどのスピードで歩《ある》き続《つづ》けた先《さき》に、処置室《しょちしつ》はあった。

扉《とびら》の前《まえ》の長椅子《ながいす》に、男《だん》バスの顧問《こもん》と教頭先生《きょうとうせんせい》の姿《すがた》もある。

私《わたし》が取《と》り乱《みだ》したら、紡《つむぎ》ちゃんが不安《ふあん》になる。そう思《おも》ってなんとか堪《こら》えていたけれど、高野《たかの》くんの手《て》に紡《つむぎ》ちゃんが渡《わた》って一気《いっき》に力《ちから》が抜《ぬ》けた。

「……どうして」

へたり込《こ》んだ床《ゆか》の冷《つめ》たさを感《かん》じた瞬間《しゅんかん》、もう二度《にど》と立《た》ち上《あ》がれないような気《き》がした。

「あいつ、ミーティングが終《お》わった瞬間《しゅんかん》に部室《ぶしつ》飛《と》び出《だ》していったんだ」

「え……？」

「この土砂降《どしゃぶ》りの中《なか》、傘差《かささ》して走《はし》って。……学校近《がっこうちか》くの交差点《こうさてん》で、信号《しんごう》が赤《あか》なのを見落《みお》として車《くるま》とぶつかったみたいだ」

そんな……。

言葉《ことば》を失《うしな》っていると、遠《とお》くからバタバタと慌《あわ》ただしい足音《あしおと》が聞《き》こえてきた。

「まま、ぱぱ！」

紡《つむぎ》ちゃんの声《こえ》に顔《かお》を上《あ》げると、名良橋《ならはし》くんのお母《かあ》さんが慌《あわ》てた様子《ようす》でこちらに向《む》かってくるのが見《み》えた。

その隣《となり》には、スーツを着《き》た長身《ちょうしん》の男《おとこ》の人《ひと》。紡《つむぎ》ちゃんの言葉《ことば》や見《み》た目《め》から、二人《ふたり》のお父《とう》さんとわかった。

「紡《つむぎ》っ」

お母《かあ》さんが高野《たかの》くんの腕《うで》から紡《つむぎ》ちゃんを引《ひ》き取《と》り、ぎゅうっと抱《だ》きしめた。

椅子《いす》から立《た》ち上《あ》がった先生《せんせい》たちが、お父《とう》さんと言葉《ことば》を交《か》わす。

お父《とう》さんが先生《せんせい》から状況《じょうきょう》の説明《せつめい》を受《う》けている間《あいだ》、なんとか立《た》ち上《あ》がった私《わたし》にお母《かあ》さんが向《む》き直《なお》った。

そして、ボロボロと涙《なみだ》を流《なが》しながら、紡《つむぎ》ちゃんにしたのと同《おな》じように私《わたし》を強《つよ》く抱《だ》きしめたんだ。

「ごめんね、早坂《はやさか》さん。まだ中学生《ちゅうがくせい》のあなたに親子《おやこ》で頼《たよ》って、こんなに怖《こわ》い思《おも》いまでさせて……！」

「そんな……」

腕《うで》の中《なか》で必死《ひっし》に首《くび》を振《ふ》る。

「私《わたし》が、名良橋《ならはし》くんの力《ちから》になりたかっただけです」

涙《なみだ》ながらに言《い》うと、お母《かあ》さんは私《わたし》を抱《だ》きしめる力《ちから》を強《つよ》めた。温《ぬく》もりが、名良橋《ならはし》くんと重《かさ》なる。

「あっ」

誰《だれ》かが声《こえ》を上《あ》げた。処置室《しょちしつ》のほうを向《む》くと、中《なか》から濃紺《のうこん》のスクラブを着《き》た先生《せんせい》が出《で》てくる。

「先生《せんせい》、名良橋《ならはし》は……！」

高野《たかの》くんが詰《つ》め寄《よ》ると、先生《せんせい》は険《けわ》しかった表情《ひょうじょう》をふっと緩《ゆる》めた。

「左足首《ひだりあしくび》の骨折《こっせつ》と擦《す》り傷《きず》ですね。幸《さいわ》いにもリュックがクッションになりうまく受《う》け身《み》をとったようで、命《いのち》に別条《べつじょう》はありません」

命《いのち》に別条《べつじょう》はない。その言葉《ことば》を聞《き》いて、場《ば》の緊張《きんちょう》が少《すこ》しだけ和《やわ》らいだ。

「骨折《こっせつ》は後日手術《ごじつしゅじゅつ》を行《おこな》うことになりますが、リハビリをすれば元《もと》どおりに動《うご》くようになると思《おも》います」

先生《せんせい》の言葉《ことば》にほっと息《いき》をつく。

よかった。元《もと》どおりにってことは、またバスケができるようになるんだ。

「まだ意識《いしき》が戻《もど》っていませんが、恐《おそ》らく一過性《いっかせい》のものと思《おも》われます。面会《めんかい》はご家族《かぞく》に限《かぎ》らせていただきたいのですが、会《あ》われますか？」

「はい、お願《ねが》いします……！」

「では、病室《びょうしつ》にご案内《あんない》します」

お父《とう》さんとお母《かあ》さんは私《わたし》たちに深々《ふかぶか》と頭《あたま》を下《さ》げてから、名良橋《ならはし》くんの元《もと》へと向《む》かって行《い》った。

「びっくりしたよね」

差《さ》し出《だ》されたお茶《ちゃ》を受《う》け取《と》って、返事《へんじ》の代《か》わりに小《ちい》さく頷《うなず》く。

ロビーの椅子《いす》に腰《こし》かける私《わたし》の隣《となり》に、高野《たかの》くんは息《いき》を吐《は》きながら座《すわ》った。

「でも、思《おも》ったより軽《かる》く済《す》んでよかった。……最悪《さいあく》の想像《そうぞう》までしたから」

これには私《わたし》も、首《くび》を縦《たて》に振《ふ》った。

病院《びょういん》に向《む》かうタクシーの中《なか》で、何度《なんど》もその考《かんが》えがよぎっては振《ふ》り払《はら》った。

膝《ひざ》の上《うえ》に作《つく》られた高野《たかの》くんの拳《こぶし》が震《ふる》えていて、唯一無二《ゆいいつむに》の親友《しんゆう》を失《うしな》いそうになった彼《かれ》の恐怖《きょうふ》を私《わたし》に教《おし》える。

「私《わたし》……死《し》ぬことほど怖《こわ》いものはないと思《おも》ってたの」

足元《あしもと》に視線《しせん》を落《お》としたまま、ぽつぽつと話《はな》し出《だ》す。

「もうすぐ死《し》ぬって知《し》って、それ以上《いじょう》に怖《こわ》いことなんて起《お》こらないって思《おも》ってた」

「……うん」

「でも、そんなことなかった。自分《じぶん》のとはまた違《ちが》う、でも同《おな》じくらいの恐怖《きょうふ》があるんだって思《おも》い知《し》らされたよ」

近《ちか》しい人《ひと》がこの世《よ》からいなくなるかもしれないという恐怖《きょうふ》を、身《み》をもって体感《たいかん》した。

身《み》が擦《す》り切《き》れるような思《おも》いだった。

こんな思《おも》いは二度《にど》としたくないと思《おも》った。

だけど。

「今度《こんど》は私《わたし》が、同《おな》じような苦《くる》しみを……ううん、もっと確《たし》かな苦《くる》しみを、みんなに与《あた》えることになるんだね」

「……っ」

一瞬《いっしゅん》でも、残《のこ》される側《がわ》の立場《たちば》になって、改《あらた》めて考《かんが》えてしまった。

「私《わたし》は本当《ほんとう》に、みんなと一緒《いっしょ》にいてよかったのかな……」

ペットボトルを包《つつ》む両手《りょうて》に、力《ちから》がこもる。

「早坂《はやさか》さんはどうなの？」

「え……？」

「俺《おれ》らと一緒《いっしょ》にいて、後悔《こうかい》してんの？」

弾《はじ》けるように顔《かお》を上《あ》げて、首《くび》を振《ふ》ったのはほぼ反射《はんしゃ》だった。

「後悔《こうかい》なんかするわけ……！」

「だったら！」

突然荒《とつぜんあら》らげられた高野《たかの》くんの声《こえ》に、肩《かた》が跳《は》ねる。

それでも、高野《たかの》くんの澄《す》んだ目《め》は私《わたし》を捉《とら》えて離《はな》さない。

「だったら、一緒《いっしょ》にいてよかったのかなんて言《い》うな。俺《おれ》たちの楽《たの》しかった時間《じかん》を否定《ひてい》するなよ」

四月《しがつ》、私《わたし》にとって彼《かれ》の笑顔《えがお》は眩《まぶ》しかった。

クラスのど真《ま》ん中《なか》にいた彼《かれ》は、いつも底抜《そこぬ》けに明《あか》るくて、キラキラしてて。

いい人《ひと》なんだろうなぁって、関《かか》わらなくてもわかってた。

でも彼《かれ》がそれだけの人《ひと》じゃないことは、わからなかったよね。

こんなふうに相手《あいて》のために思《おも》って怒《おこ》ってくれる人《ひと》なんだって、関《かか》わらなきゃずっと知《し》らないままだった。

「俺《おれ》たちの気持《きも》ちは丸《まる》ごと、早坂《はやさか》さんと同《おな》じだよ。だから、一緒《いっしょ》にいてよかったのかなんて言《い》わないで」

優《やさ》しく高野《たかの》くんが微笑《ほほえ》むから、また涙《なみだ》が溢《あふ》れてきた。

「ははっ、また泣《な》いた」

「高野《たかの》くんのせいでしょぉ……？」

「褒《ほ》め言葉《ことば》として受《う》け取《と》っとくね」

静《しず》かなロビーに、高野《たかの》くんの笑《わら》い声《ごえ》が響《ひび》く。

「罪悪感《ざいあくかん》を抱《いだ》くよりも、最後《さいご》まであいつのそばで笑《わら》っててやってよ」

「……うん。私《わたし》も、そうしたい」

最後《さいご》の瞬間《しゅんかん》まで、名良橋《ならはし》くんと。

高野《たかの》くんの言葉《ことば》に、私《わたし》はもう迷《まよ》わなかった。

* * *

翌朝《よくあさ》、雨《あめ》はやんでいた。

頭《あたま》に鈍《にぶ》い痛《いた》みを感《かん》じながらもなんとか支度《したく》を済《す》ませ、病院《びょういん》に向《む》かう。

病院《びょういん》の玄関《げんかん》につくと、すでに伊東《いとう》くんと瀬川《せがわ》さん、深津《ふかつ》さんの姿《すがた》はあった。

「おはよう、早坂《はやさか》さん。名良橋《ならはし》は……」

「もう目《め》を覚《さ》まして一般病棟《いっぱんびょうとう》に移《うつ》ったって、お母《かあ》さんから高野《たかの》くんに連絡《れんらく》があったって」

面会《めんかい》もできるみたいだと続《つづ》けて伝《つた》えると、三人《さんにん》は安堵《あんど》の息《いき》をついた。

「今日《きょう》、高野《たかの》は？」

「部活《ぶかつ》の試合《しあい》で、終《お》わったら来《く》るって」

三人《さんにん》がハッと表情《ひょうじょう》を曇《くも》らせた。

三年生《さんねんせい》のこの時期《じき》に、大《おお》きな怪我《けが》。名良橋《ならはし》くんがどれだけバスケを好《す》きか、みんな知《し》ってる。

「……会《あ》いに行《い》こう、名良橋《ならはし》に」

間《ま》を置《お》いて言《い》った瀬川《せがわ》さんに、私《わたし》たちは揃《そろ》って頷《うなず》いた。


部屋番号《へやばんごう》は、高野《たかの》くんに聞《き》いて知《し》っていた。

大部屋《おおべや》で、名良橋《ならはし》くんのベッドは窓際《まどぎわ》だった。

外《そと》から声《こえ》をかけ、返事《へんじ》を聞《き》いてからカーテンを開《あ》ける。

「おー、来《き》てくれたのか」

ベッドに横《よこ》たわる名良橋《ならはし》くんは、明《あか》るく私《わたし》たち四人《よにん》を出迎《でむか》えた。

「悪《わる》いな、休《やす》みの日《ひ》に」

「バカ、そんなこと言《い》ってる場合《ばあい》かよ！　心配《しんぱい》したんだからな！」

「だから悪《わる》いって」

電動《でんどう》のベッドを操作《そうさ》して体《からだ》を起《お》こした名良橋《ならはし》くんの両腕《りょううで》は、何《なん》か所《しょ》も処置《しょち》がされている。

後日手術《ごじつしゅじゅつ》が必要《ひつよう》だと言《い》われた左足《ひだりあし》は、固定《こてい》されたうえに高《たか》い位置《いち》で吊《つ》るされていて、目《め》を背《そむ》けてしまいたくなるほど痛々《いたいた》しかった。

「大丈夫《だいじょうぶ》なの？　頭《あたま》とか打《う》ってない？」

「あぁ。事故《じこ》のわりに、ケガは軽《かる》く済《す》んだんだ。やっぱあれだな、生《う》まれ持《も》った運動神経《うんどうしんけい》のおかげだな」

深津《ふかつ》さんの問《と》いかけに、名良橋《ならはし》くんは笑顔《えがお》で答《こた》えた。

「明日《あした》、足《あし》の手術《しゅじゅつ》して……そこからは回復状態《かいふくじょうたい》にもよるけど、若《わか》いし一週間《いっしゅうかん》くらいで退院《たいいん》できるんじゃないかって。来週《らいしゅう》には学校《がっこう》にも復帰《ふっき》できると思《おも》う」

笑顔《えがお》を崩《くず》さない名良橋《ならはし》くんはいつになく饒舌《じょうぜつ》だ。

みんな同《おな》じように感《かん》じていたと思《おも》うけど、誰《だれ》もそのことについて触《ふ》れなかった。

そして、当《あ》たり障《さわ》りのない会話《かいわ》を繰《く》り広《ひろ》げて十五分《じゅうごふん》ほどがたったころ。

「んじゃ、そろそろ帰《かえ》るな」

ふいに、伊東《いとう》くんが切《き》り出《だ》した。

「そうだね、名良橋《ならはし》の無事《ぶじ》も確認《かくにん》できたし」

「入院生活《にゅういんせいかつ》が暇《ひま》になったら連絡《れんらく》してよ。いつでも来《く》るから」

順番《じゅんばん》にカーテンの外《そと》に出《で》ていく三人《さんにん》のあとに続《つづ》こうとしたとき、服《ふく》の裾《すそ》が引《ひ》かれた。

びっくりして振《ふ》り返《かえ》ると、名良橋《ならはし》くんはそっぽを向《む》いていた。

「早坂《はやさか》は、もうちょっといろよ」

早坂《はやさか》は、って……え……？

名良橋《ならはし》くんの言葉《ことば》を聞《き》いた伊東《いとう》くんたちが、カーテンの外《そと》でにやにやと笑《わら》う。

「またな、名良橋《ならはし》」

「早坂《はやさか》さん、あとはお願《ねが》いね」

ふ、二人《ふたり》っきり……!?

取《と》り残《のこ》された私《わたし》が固《かた》まっていると、名良橋《ならはし》くんの声《こえ》が飛《と》んできた。

「座《すわ》れば？　ベッドの下《した》に椅子《いす》があるはずだから」

言《い》われたとおり、椅子《いす》はベッドの下《した》にあった。引《ひ》いて、おずおずと腰《こし》を下《お》ろす。

「はは、これじゃ前《まえ》と反対《はんたい》だな」

「……そうだね」

「昨日《きのう》はごめんな！　びっくりさせたよな」

向《む》かい合《あ》った彼《かれ》は、伊東《いとう》くんたちがいたときと同《おな》じく明《あか》るい笑顔《えがお》を見《み》せた。

「紡《つむぎ》のこと連《つ》れてきてくれたって、父《とう》さんたちから聞《き》いた。お迎《むか》えも行《い》ってくれたし、礼《れい》を言《い》わなきゃいけないことばっかだな。ありがとう」

「あ、いや……」

「試合《しあい》、活躍《かつやく》どころか試合会場《しあいかいじょう》にも行《い》けないとかダセーよな。俺《おれ》から誘《さそ》ったのに、ごめんな」

それが言《い》いたくて私《わたし》を引《ひ》き留《と》めたの？

だったら、下手《へた》くそすぎるよ、名良橋《ならはし》くん。その笑顔《えがお》がニセモノだって、すぐにわかる。

「無理《むり》して……笑《わら》わないで……」

やっとの思《おも》いで紡《つむ》いだ言葉《ことば》に、名良橋《ならはし》くんの笑顔《えがお》が固《かた》まった。

刹那《せつな》、その顔《かお》がくしゃっと歪《ゆが》む。

「俺《おれ》の不注意《ふちゅうい》だったから……弱音《よわね》を吐《は》くのは違《ちが》うと思《おも》ってて」

「……うん」

「でも本当《ほんとう》は、気持《きも》ちに折《お》り合《あ》いつけられなくて」

唇《くちびる》を強《つよ》く噛《か》んでいるその姿《すがた》は、いつか梨央《りお》さんのことを話《はな》してくれたときのように弱々《よわよわ》しい。

「もう三年《さんねん》なのに。なんで今《いま》なんだよ……っ」

ガーゼのあてがわれた手《て》が、ぎゅっとシーツを掴《つか》む。

肩《かた》を震《ふる》わせながら吐《は》き出《だ》された本音《ほんね》。

でもきっとこれは欠片《かけら》でしかなくて、私《わたし》の知《し》らないところで努力《どりょく》を重《かさ》ねてきたはずの名良橋《ならはし》くんの悔《くや》しさや苦《くる》しさは、もっともっと大《おお》きいんだと思《おも》う。

やり場《ば》のないたくさんの感情《かんじょう》をかかえて、それでも涙《なみだ》を見《み》せないことが、余計《よけい》に切《せつ》なくて。

「はや、さか……?」

伸《の》ばした腕《うで》の中《なか》で、名良橋《ならはし》くんが驚《おどろ》いたように声《こえ》を漏《も》らす。

溢《あふ》れる感情《かんじょう》を抑《おさ》えられなくて、さらに力《ちから》を込《こ》めた。

「私《わたし》が泣《な》いてると、いつもこうしてくれたでしょ」

包《つつ》むから。

あなたがそうしてくれたように。

私《わたし》のすべてで、あなたのことを包み込《つつこ》むから。

「これなら顔《かお》、見《み》えないから。我慢《がまん》しないで泣《な》いていいよ」

彼《かれ》の黒髪《くろかみ》が私《わたし》の頬《ほお》をくすぐる。

いつか柔《やわ》らかそうだと思《おも》ったそれは、想像《そうぞう》どおりの柔《やわ》らかさだった。

「……バカ、泣《な》かねーよ」

ふっと空気《くうき》を震《ふる》わせて、名良橋《ならはし》くんが言《い》う。

「泣《な》き虫《むし》な誰《だれ》かさんとは違《ちが》って、俺《おれ》は男《おとこ》だからな」

「……悪《わる》かったね、泣《な》き虫《むし》で」

「誰《だれ》も早坂《はやさか》だとは言《い》ってないだろ」

言《い》ってるようなものじゃん……。

名良橋《ならはし》くんを抱《だ》きしめながらむくれていると、彼《かれ》の手《て》が遠慮《えんりょ》がちに私《わたし》の背中《せなか》に回《まわ》された。

「ありがとな、早坂《はやさか》」

「……うん」

「俺《おれ》、頑張《がんば》るよ。時間《じかん》はかかるけど、ちゃんとリハビリすればまた走《はし》れるようになるみたいだし。……バスケは中学《ちゅうがく》で終《お》わりじゃないしな」

最後《さいご》の言葉《ことば》が掠《かす》れたのには、気《き》づかないふりをした。

現実《げんじつ》と向《む》き合《あ》って、前《まえ》に進《すす》もうとする名良橋《ならはし》くんは強《つよ》い。

私《わたし》はきっと、名良橋《ならはし》くんのそんなところに憧《あこが》れたんだ。


会話《かいわ》が一段落《いちだんらく》したとき、そうだと名良橋《ならはし》くんが何《なに》かを思《おも》い出《だ》したように声《こえ》を上《あ》げた。

「次《つぎ》の土曜日《どようび》、出《で》かけようって言《い》ってたじゃん。行《い》きたいとこ、考《かんが》えたんだよ」

名良橋《ならはし》くんが話《はな》し始《はじ》めた内容《ないよう》にぎょっとする。

「な、何言《なにい》ってんの!?　そんな体《からだ》で……!」

「先生《せんせい》は一週間《いっしゅうかん》くらいで退院《たいいん》できるって言《い》ってたぞ」

「それは回復状態《かいふくじょうたい》がよかったらって、さっき自分《じぶん》でも言《い》ってたじゃん！　それに、今度《こんど》の土曜日《どようび》だったらまだ一週間《いっしゅうかん》もたってないよ!?」

「大丈夫《だいじょうぶ》だって。さすがに紡《つむぎ》は連《つ》れていけないけど、べつに病気《びょうき》で入院《にゅういん》してるわけじゃないんだし、外出許可《がいしゅつきょか》の一《ひと》つや二《ふた》つくらい取《と》れるだろ」

名良橋《ならはし》くんの言葉《ことば》に、唖然《あぜん》としてしまう。でもすぐにハッとして、私《わたし》は小《ちい》さく頷《うなず》いた。

「じゃあ……先生《せんせい》の許可《きょか》が下《お》りたらね」

心配《しんぱい》なことはあるけれど、予定《よてい》をずらさずに済《す》むならこれほどありがたいことはない。

私《わたし》には、タイムリミットがあるから。

「それで、行《い》きたいところは決《き》まったの？」

聞《き》くと、名良橋《ならはし》くんは小《ちい》さな子《こ》どもがするみたいに大《おお》きく頷《うなず》いた。

「海《うみ》に行《い》きたい」

「え？」

「俺《おれ》の好《す》きなとこでいいんだろ。だったら、海《うみ》がいい」

予想外《よそうがい》の希望《きぼう》だったので目《め》を瞬《しばたた》かせると、彼《かれ》は少《すこ》しすねたように口《くち》を尖《とが》らせた。

「ずっと部活《ぶかつ》ばっかりで、もう何年《なんねん》も見《み》てねーの。晴《は》れ予報《よほう》だし、せっかくなら行《い》きたいなって思《おも》って」

天気予報《てんきよほう》までチェック済《ず》みとは、さすがだなぁ。

「どこの海《うみ》でもいいの？」

「うん、海《うみ》ならどこでも」

「じゃあ、それはこっちで探《さが》しとくね。名良橋《ならはし》くんは明日《あした》の手術《しゅじゅつ》とリハビリ頑張《がんば》って、外出許可《がいしゅつきょか》を勝《か》ち取《と》って」

「おう」

名良橋《ならはし》くんの提案《ていあん》にはびっくりしたけど、私《わたし》も海《うみ》に行《い》くのは久《ひさ》しぶりだからうれしいかも。

当日《とうじつ》は何《なに》を着《き》ていこうかな。天気予報《てんきよほう》、ちゃんと当《あ》たるといいな。

体調《たいちょう》……大丈夫《だいじょうぶ》だといいな。

そんな考《かんが》えを巡《めぐ》らせながらも、私《わたし》は心《こころ》を躍《おど》らせていた。

# 終《お》わりを告《つ》げるホイッスル

「やっぱり、名良橋《ならはし》がいないと変《へん》な感《かん》じするねー」

ご飯《はん》を食《た》べ終《お》えた机《つくえ》に頬杖《ほおづえ》をついてぽつりとこぼしたのは、深津《ふかつ》さんだった。

その言葉《ことば》に、みんなが頷《うなず》く。

「手術《しゅじゅつ》は無事《ぶじ》に終《お》わったんでしょ？」

「うん、昨日《きのう》からリハビリ始《はじ》めたって」

答《こた》えたのは高野《たかの》くん。昨日《きのう》、部活《ぶかつ》終《お》わりにお見舞《みま》いに行《い》ってきたらしい。

「順調《じゅんちょう》そうだね。言《い》ってたとおり、来週《らいしゅう》から学校《がっこう》来《こ》られるのかな？」

「少《すく》なくとも、本人《ほんにん》は行《い》く気満々《きまんまん》だったよ。病院《びょういん》で暇《ひま》な時間《じかん》過《す》ごすより、授業《じゅぎょう》受《う》けてるほうがマシだって」

高野《たかの》くんが言《い》うと、表情《ひょうじょう》に心配《しんぱい》の色《いろ》を浮《う》かべていたみんなが笑《わら》う。

みんなそれぞれに連絡《れんらく》は取《と》ってるみたいだけど、気《き》をつかってかケガのことには触《ふ》れていないらしい。

私《わたし》も、事故《じこ》の翌日《よくじつ》にみんなで行《い》って以来《いらい》、名良橋《ならはし》くんには会《あ》ってないし連絡《れんらく》も取《と》ってない。

「そんなこと言《い》ってたんなら、もう大丈夫《だいじょうぶ》だな」

「案外《あんがい》あっさりと戻《もど》ってきそうだね」

「あはは、確《たし》かに」

みんなの声《こえ》に交《ま》じって、耳鳴《みみな》りがする。それも左耳《ひだりみみ》だけ。

みんなに合《あ》わせて笑《わら》おうと思《おも》っても、最近強《さいきんつよ》さを増《ま》した頭痛《ずつう》が邪魔《じゃま》をした。

お見舞《みま》いに行《い》かない……いや、行《い》けない理由《りゆう》。それは、病状《びょうじょう》が前《まえ》よりも悪化《あっか》しているから。

学校《がっこう》にはなんとか来《こ》られているけれど、放課後《ほうかご》にお見舞《みま》いに行《い》く元気《げんき》はなかった。

今朝《けさ》は痛《いた》みも一段《いちだん》と酷《ひど》かったし、無理《むり》せず休《やす》めばよかったかな……。

ぼうっとしていると、瀬川《せがわ》さんが私《わたし》の顔《かお》を覗《のぞ》き込《こ》んできた。

「顔色悪《かおいろわる》いけど、大丈夫《だいじょうぶ》？」

「あ……うん」

「ほんとに？　ずいぶん痩《や》せたようにも見《み》えるけど……」

言《い》われて、太《ふと》ももの上《うえ》にだらんと置《お》いた自分《じぶん》の手《て》を見下《みお》ろす。

ハリのない甲《こう》。治療《ちりょう》をしていたころのように肉《にく》が削《そ》げ落《お》ち、指《ゆび》なんて骨《ほね》と皮《かわ》しかないように見《み》える。

「ダイエットの成果《せいか》が出《で》てるのかな？　顔色《かおいろ》が悪《わる》いのも、そのせいかも」

「早坂《はやさか》さん、ダイエットなんてしてるの!?」

「十分細《じゅうぶんほそ》いのに！」

ダイエットという言葉《ことば》に、女子二人《じょしふたり》が食《く》いついた。

「無理《むり》なダイエットはダメだよ？　体《からだ》によくないし、下手《へた》したらリバウンドするし」

「そうそう。適度《てきど》が一番《いちばん》だよ」

「いつもお菓子《かし》食《た》べてるくせによく言《い》うよ」

すかさず茶々《ちゃちゃ》を入《い》れた伊東《いとう》くんが、一発《いっぱつ》ずつパンチをお見舞《みま》いされる。

あはは、仕方《しかた》ない。

「……ほんとに大丈夫《だいじょうぶ》なの？」

みんなに気《き》づかれないように、こそっと耳打《みみう》ちしてきたのは高野《たかの》くんだ。

高野《たかの》くんが、私《わたし》が話題《わだい》に上《あ》がる前《まえ》から心配《しんぱい》そうにしてくれていたことには気《き》づいていた。

正直《しょうじき》、大丈夫《だいじょうぶ》とは言《い》いがたい状態《じょうたい》なので、曖昧《あいまい》な返事《へんじ》をしておく。

そんな私《わたし》を見《み》て、高野《たかの》くんは表情《ひょうじょう》を険《けわ》しくした。

「ついていくから、保健室《ほけんしつ》行《い》こう」

「え……」

「早坂《はやさか》さんってば、貧血持《ひんけつも》ちなのにダイエット頑張《がんば》りすぎ。真《ま》っ青《さお》だし、念《ねん》のため保健室《ほけんしつ》で横《よこ》にならせてもらおう」

あえて声《こえ》を大《おお》きくして、高野《たかの》くんが言《い》う。

表向《おもてむ》きは貧血持《ひんけつも》ちってことにしてるの、覚《おぼ》えててくれたんだ……。

「うん、やっぱりそのほうがいいよ」

「ついていこうか？」

「俺《おれ》が行《い》くよ。もうすぐ予鈴鳴《よれいな》るし、杖《つえ》としては深津《ふかつ》より俺《おれ》のほうが有能《ゆうのう》だろ？」

確《たし》かに、と深津《ふかつ》さんが頷《うなず》いた。

「立《た》てる？」

高野《たかの》くんが差《さ》し出《だ》してくれた手《て》を取《と》って、席《せき》を立《た》つ。

「俺《おれ》と早坂《はやさか》さん、保健室《ほけんしつ》行《い》ったたって先生《せんせい》に伝《つた》えといて」

「了解《りょうかい》。お願《ねが》いね」

ぐるぐると視界《しかい》が回《まわ》る中《なか》、おぼつかない足取《あしど》りで教室《きょうしつ》を出《で》る。

左耳《ひだりみみ》の耳鳴《みみな》りに加《くわ》え、視界《しかい》も霞《かす》んできた。

支《ささ》えてもらいながら、なんとか保健室《ほけんしつ》に辿《たど》りついた。


中《なか》に入《はい》ると、ぎょっとした松風先生《まつかぜせんせい》が駆《か》け寄《よ》ってきてくれた。

「早坂《はやさか》さん!?　大丈夫《だいじょうぶ》!?」

「顔色悪《かおいろわる》いんで連《つ》れてきました。一人《ひとり》じゃろくに歩《ある》けません」

「とりあえず、ベッドに」

誘導《ゆうどう》してくれる先生《せんせい》に続《つづ》き、高野《たかの》くんに支《ささ》えてもらいながら奥《おく》にあるベッドに足《あし》を向《む》けたとき。

「う……っ」

頭《あたま》に鋭《するど》い痛《いた》みが走《はし》り、噴《ふ》き出《だ》すようにして胃《い》の中《なか》のものが逆流《ぎゃくりゅう》してきた。

とっさに顔《かお》をそらして、吐《は》いたのはフローリングの上《うえ》。

「早坂《はやさか》さん……!?」

ダメ。もう立《た》っていられない。

崩《くず》れ落《お》ちるようにその場《ば》にしゃがみ込《こ》んだ私《わたし》は、吐《は》き気《け》のなかった突然《とつぜん》の嘔吐《おうと》に眉根《まゆね》を寄《よ》せた。

「ごめ……ごめんなさ……」

頭《あたま》が、割《わ》れるように痛《いた》い。

耳鳴《みみな》りは酷《ひど》くなる一方《いっぽう》だし、めまいもする。

「病院《びょういん》に行《い》きましょう、車手配《くるまてはい》するから」

嫌《いや》だ、行《い》きたくない。また入院《にゅういん》しなさいって言《い》われちゃう。

そう思《おも》うのに、拒《こば》む声《こえ》すら出《で》なかった。

首《くび》を振《ふ》る力《ちから》もなく、ただその場《ば》で項垂《うなだ》れる。

「また戻《もど》しそうなら、これ使《つか》って。職員室《しょくいんしつ》に連絡入《れんらくい》れるから、もうちょっとついててあげてくれる？」

「はい」

松風先生《まつかぜせんせい》の慌《あわ》ただしい足音《あしおと》を聞《き》きながら、フローリングを見《み》つめる。

ごめんね、高野《たかの》くん。汚《きたな》いところ見《み》せちゃったね。服《ふく》とか、汚《よご》しちゃってない？

病院《びょういん》に行《い》って、名良橋《ならはし》くんと鉢合《はちあ》わせちゃったらどうしよう。いよいよ言《い》い訳《わけ》できなくなるかな？

瀬川《せがわ》さんたちもきっと心配《しんぱい》してくれてるよね。ダイエットなんて嘘《うそ》だって、見抜《みぬ》かれてなかったらいいけど。

言《い》いたいことは山《やま》ほどあるのに、何一《なにひと》つ声《こえ》にならない。

怖《こわ》い。力《ちから》が入《はい》らない。

やめてよ。名良橋《ならはし》くんとの約束《やくそく》の日《ひ》まで、もう少《すこ》しなんだよ。

あと数日《すうじつ》くらい、待《ま》ってくれてもいいじゃん……。

「頑張《がんば》れ、早坂《はやさか》さん。あいつと海《うみ》、行《い》くんでしょ」

絞《しぼ》り出《だ》したような高野《たかの》くんの声《こえ》が聞《き》こえたのを最後《さいご》に、意識《いしき》が途切《とぎ》れた。


気《き》がつくと、またも病院《びょういん》のベッドの上《うえ》だった。

あれから、どれくらい時間《じかん》がたったのかな……。

いつもと景色《けしき》が違《ちが》うところを見《み》ると、先生《せんせい》がすぐに駆《か》けつけられるオープンスペースの病室《びょうしつ》にいるみたい。

酸素《さんそ》マスクを装着《そうちゃく》されていることを認識《にんしき》したとき、ベッドのそばに人影《ひとかげ》があることに気《き》づく。

誰《だれ》だろ……。

ピントを合《あ》わせようとするけど、霞《かす》んで見《み》えない。

だけど、私《わたし》の目《め》が開《ひら》いたことに気《き》づいたらしいその人物《じんぶつ》が、私《わたし》を呼《よ》んだ
「由仁《ゆに》……！」

この声《こえ》……お姉《ねえ》ちゃんだ。

「おね……ちゃ……」

「よかった……。今《いま》、先生呼《せんせいよ》んでくるね」

震《ふる》える声《こえ》でそう言《い》って、お姉《ねえ》ちゃんが先生《せんせい》を呼《よ》びに行《い》く。

よく見《み》えなかったけど、たぶんお姉《ねえ》ちゃん、泣《な》いてた。また心配《しんぱい》かけちゃったな。

高野《たかの》くんにも先生《せんせい》にも迷惑《めいわく》をかけた。……って、あれ？

「せんせ……って、なんて名前《なまえ》だっ、け……？」

顔《かお》は思《おも》い浮《う》かぶのに、名前《なまえ》が出《で》てこない。

美人《びじん》だけど豪快《ごうかい》な人《ひと》で、四月《しがつ》は何度《なんど》も一緒《いっしょ》にお昼《ひる》ご飯《はん》を食《た》べてくれた。

大好《だいす》きな先生《せんせい》だって、それはわかるのに。

「思《おも》い……出《だ》せな……」

思《おも》い出《だ》そうとすればするほど、頭《あたま》の中《なか》にモヤがかかっていくみたい。

なんで？　これも……病気《びょうき》のせい？

「いや……っ」

「由仁《ゆに》!?」

パニックになって酸素《さんそ》マスクを外《はず》そうとする私《わたし》の腕《うで》を、戻《もど》ってきたお姉《ねえ》ちゃんが必死《ひっし》に押《お》さえる。

「落《お》ちついて、大丈夫《だいじょうぶ》だから！」

「やだ……やだよ……」

なんで思《おも》い出《だ》せないの。

こんなふうにいろいろなことを忘《わす》れて死《し》んでいくの？

楽《たの》しかった出来事《できごと》も、つらかった出来事《できごと》も。

みんなと過《す》ごしたかけがえのない時間《じかん》も、大好《だいす》きな人《ひと》と笑《わら》い合《あ》った記憶《きおく》さえも。

そんなの、嫌《いや》だ。

「まだ死《し》にたくない……っ」

死《し》にたくない。もっともっと生《い》きたいよ。

みっともなくてもカッコ悪《わる》くても、なんでもいいから。

そう思《おも》うのに、頭《あたま》を突《つ》き刺《さ》すような痛《いた》みは治《おさ》まってくれない。

「先生《せんせい》！」

お姉《ねえ》ちゃんの声《こえ》に安堵《あんど》の色《いろ》が交《ま》じった。

瞬間《しゅんかん》、涙《なみだ》で滲《にじ》む視界《しかい》に黒木先生《くろきせんせい》が映《うつ》る。

「由仁《ゆに》ちゃん、わかるかなー？　大丈夫《だいじょうぶ》だからねー。ゆっくり息吸《いきす》ってー」

先生《せんせい》の声《こえ》は穏《おだ》やかだけど、流《なが》れる空気《くうき》が穏《おだ》やかでないことはわかる。

何《なに》が大丈夫《だいじょうぶ》なんですか。壊《こわ》れていく私《わたし》の世界《せかい》で、大丈夫《だいじょうぶ》なことなんて何《なに》もないじゃないですか。

「お願《ねが》い、帰《かえ》らせて！　約束《やくそく》、守《まも》らなきゃ……っ」

約束《やくそく》したの。

今度《こんど》の土曜日《どようび》、一緒《いっしょ》に海《うみ》に行《い》こうって。

事故《じこ》に遭《あ》ってボロボロで、それでも彼《かれ》は行《い》きたいって言《い》ってくれた。

その約束《やくそく》を、私《わたし》は守《まも》らなくちゃいけない。

今《いま》までたくさん嘘《うそ》をついてきたけど、バイクの後《うし》ろに乗《の》せてもらう約束《やくそく》は果《は》たせないけど、この約束《やくそく》だけは嘘《うそ》にしたくないんだよ。

「落《お》ちついて、大丈夫《だいじょうぶ》だからねー」

なだめるような黒木先生《くろきせんせい》の声《こえ》が段々《だんだん》と遠《とお》のいていく。

次々《つぎつぎ》にせり上《あ》がってくる恐怖《きょうふ》の中《なか》、私《わたし》は再《ふたた》び意識《いしき》を手放《てばな》した。


意識《いしき》の深《ふか》いところで、夢《ゆめ》を見《み》た。

夢《ゆめ》の中《なか》で桜並木《さくらなみき》を歩《ある》く私《わたし》は、転校前《てんこうまえ》の学校《がっこう》の制服《せいふく》を着《き》ていた。

大好《だいす》きなバスケに打《う》ち込《こ》んで、練習《れんしゅう》が終《お》わったら友達《ともだち》やチームメートたちとバカ話《ばなし》に花《はな》を咲《さ》かせて。

もしかしたら、なんとなく気《き》になる子《こ》ができたりもして。

病気《びょうき》になってなかったら、そんな日々《ひび》を過《す》ごしていたんだろう。

平凡《へいぼん》だけど幸《しあわ》せで、だけどその幸《しあわ》せにちっとも気《き》づかないまま。

病気《びょうき》のおかげだなんて絶対《ぜったい》に言《い》わない。

だけど、病気《びょうき》になって〝当《あ》たり前《まえ》〟を失《うしな》ったから、新《あら》たに知《し》ったこともたくさんあったんだ……。


重《おも》いまぶたを持《も》ち上《あ》げると、お姉《ねえ》ちゃんが心配《しんぱい》そうに私《わたし》の顔《かお》を覗《のぞ》き込《こ》んでいた。

「由仁《ゆに》、気《き》がついた？」

「……うん」

「よかった」

視界《しかい》はもう鮮明《せんめい》で、お姉《ねえ》ちゃんの泣《な》き腫《は》らした顔《かお》がよく見《み》える。

「先生《せんせい》、呼《よ》ばなくていいの……？」

「うん。パニックを起《お》こして気《き》を失《うしな》っちゃっただけで、今《いま》は呼吸《こきゅう》も落《お》ちついてるから大《だい》丈夫《じょうぶ》だって」

「そっか」

一度《いちど》シャットアウトされた頭《あたま》は、すっかり冷静《れいせい》さを取《と》り戻《もど》していた。

ここは病院《びょういん》。私《わたし》が今《いま》いるのは、ベッドの上《うえ》。

うん、もう……大丈夫《だいじょうぶ》。

「ねえ……お姉《ねえ》ちゃん」

「なぁに？」

「たぶん、このまま……入院《にゅういん》、だよね」

お姉《ねえ》ちゃんは困《こま》ったように眉《まゆ》をハの字《じ》にして、否定《ひてい》も肯定《こうてい》もしなかった。布団《ふとん》から私《わたし》の手《て》を出《だ》して、ぎゅっと握《にぎ》ってくれる。

「元気《げんき》を取《と》り戻《もど》したら、きっと元《もと》の生活《せいかつ》に戻《もど》れるよ」

姉妹《しまい》なのに、お姉《ねえ》ちゃんは嘘《うそ》をつくのが下手《へた》だなぁ。

「退院《たいいん》したら、一緒《いっしょ》にお買《か》い物行《ものい》こう。由仁《ゆに》の誕生日《たんじょうび》、もうすぐだよね。なんでも好《す》きなもの買《か》ってあげるから」

「いつもいろいろ買《か》ってもらってるし、いいよ」

「遠慮《えんりょ》しないの。誕生日《たんじょうび》は特別《とくべつ》でしょ」

「そうかな。じゃあ……欲《ほ》しいもの、考《かんが》えとくね……」

切《き》れ切《ぎ》れに言《い》うと、お姉《ねえ》ちゃんは私《わたし》の手《て》を握《にぎ》ったまま優《やさ》しく笑《わら》った。

「由仁《ゆに》、好《す》きな人《ひと》でもできた？」

唐突《とうとつ》に聞《き》かれて、私《わたし》は言葉《ことば》を失《うしな》った。

そんな私《わたし》の反応《はんのう》を見《み》て、「やっぱり」とお姉《ねえ》ちゃん。

「なんとなーくそんな気《き》がしたんだよね。ずいぶんかわいくなったし」

かわいくなったって……ボロボロの今《いま》の私《わたし》が？

でも、好《す》きな人《ひと》がいることは当《あ》たってるから、お姉《ねえ》ちゃんってすごい。

「どんな人《ひと》なの？」

お姉《ねえ》ちゃんから圭《けい》くんの話《はなし》はよく聞《き》いていたけど、自分《じぶん》の話《はなし》をするのは初《はじ》めてだった。

「ぶっきらぼうで……思《おも》ったことは結構《けっこう》すぐに口《くち》にしちゃう人《ひと》」

「あはは、何《なに》それ」

「でも不器用《ぶきよう》なだけで、ほんとは優《やさ》しくて、妹想《いもうとおも》いでまっすぐで……」

彼《かれ》のくしゃっとした笑顔《えがお》が頭《あたま》に浮《う》かぶ。

「すごくすごく、強《つよ》い人《ひと》」

精一杯《せいいっぱい》の笑顔《えがお》を見《み》せて言《い》うと、お姉《ねえ》ちゃんがちょっとびっくりした顔《かお》をする。

でもそれは、すぐに微笑《ほほえ》みに戻《もど》った。

「素敵《すてき》な恋《こい》を見《み》つけたんだね」

「うん」

この恋《こい》が世界《せかい》で一番《いちばん》だとは思《おも》わないけれど、私《わたし》にとっては何《なに》よりも特別《とくべつ》な恋《こい》なんだ。


お姉《ねえ》ちゃんが帰《かえ》ってから、黒木先生《くろきせんせい》が私《わたし》のところにやってきた。

「さっき、お姉《ねえ》さんと話《はなし》をしたの」

「……はい」

「承諾《しょうだく》を得《え》て、このまま入院《にゅういん》してもらうことになったわ。ここまで悪化《あっか》してる以上《いじょう》、由《ゆ》仁《に》ちゃんの願《ねが》いはもう聞《き》けない」

嫌《いや》だって言《い》いたかったけど、これ以上《いじょう》、まわりの人《ひと》に迷惑《めいわく》はかけられない。目《め》の前《まえ》の現実《げんじつ》が私《わたし》に言葉《ことば》をのみ込《こ》ませた。

でも……。

「一日《いちにち》だけ……今度《こんど》の土曜日《どようび》だけ、外出許可《がいしゅつきょか》を貰《もら》えませんか？」

お願《ねが》いします、と掠《かす》れた声《こえ》でお願《ねが》いする。だけどそれは、容赦《ようしゃ》なく一蹴《いっしゅう》された。

「ダメよ。今《いま》の由仁《ゆに》ちゃんの状態《じょうたい》で、外出許可《がいしゅつきょか》は出《だ》せない」

「そんな……っ」

「自分《じぶん》の不調《ふちょう》は、自分《じぶん》が一番《いちばん》わかるでしょ？」

諭《さと》すように言《い》われて、何《なに》も言《い》えなくなった。

耳鳴《みみな》りは相変《あいか》わらず続《つづ》いていて、これは私《わたし》にとっての、試合終了《しあいしゅうりょう》のホイッスルなんじゃないかと思《おも》う。

「もう遅《おそ》いから、今日《きょう》は休《やす》んで。明日《あした》、一般《いっぱん》の病室《びょうしつ》に移動《いどう》してもらうわね」

私《わたし》の返事《へんじ》を待《ま》つことなく、先生《せんせい》は去《さ》っていった。


一般病棟《いっぱんびょうとう》に移《うつ》るころ、症状《しょうじょう》はかなりマシになっていた。

着替《きが》えや本《ほん》などの荷物《にもつ》を持《も》ってきてくれたお姉《ねえ》ちゃんが帰《かえ》ってから、体《からだ》を起《お》こしてベッドから下《お》りる。

カーテンで区切《くぎ》られたスペースの中《なか》を歩《ある》いてみると、少々《しょうしょう》足取《あしど》りは不安定《ふあんてい》なものの、ちゃんと歩《ある》けた。

「……よし」

小《ちい》さく意気込《いきご》んで、私《わたし》は病室《びょうしつ》を出《で》た。

エレベーターで二《ふた》つ下《した》の階《かい》に下《お》りて、ある病室《びょうしつ》のネームプレートを確認《かくにん》する。

よし、病室《びょうしつ》はそのままだ。

ゆっくりと歩《あゆ》みを進《すす》めていくと、クリーム色《いろ》のカーテンは開《あ》いていた。

「あれ？　早坂《はやさか》……？」

よかった、いた……。ベッドの上《うえ》で、名良橋《ならはし》くんは本《ほん》を読《よ》んでいた。

私《わたし》に気《き》づいて閉《と》じられた本《ほん》の表紙《ひょうし》には、【リハビリ】という文字《もじ》が書《か》かれている。

久《ひさ》しぶりに会《あ》う名良橋《ならはし》くん。腕《うで》などに傷《きず》は残《のこ》っているものの、包帯《ほうたい》やガーゼはほとんど取《と》れていた。

「お前《まえ》、学校《がっこう》は？」

怪訝《けげん》そうに聞《き》かれて、ハッとする。

そうだ、今日《きょう》は平日《へいじつ》！　しかもまだ学校《がっこう》がある時間《じかん》……！

「ね……寝坊《ねぼう》しちゃったからサボった！　みんなには内緒《ないしょ》ね！」

「なんだそれ」

とっさの言《い》い訳《わけ》に、名良橋《ならはし》くんが呆《あき》れたように笑《わら》う。

よかった、信《しん》じてくれたみたい……。

「つーか、来《き》てくれるなら連絡《れんらく》くれればよかったのに」

「あ……うん、確《たし》かにそうだね。ごめん、すっかり忘《わす》れてた」

まさか、連絡《れんらく》できなかったとは言《い》えない。

「……っていうか早坂《はやさか》、ずいぶんラフな格好《かっこう》だな？」

ギクッ。名良橋《ならはし》くんの純粋《じゅんすい》な感想《かんそう》は、私《わたし》の肩《かた》を跳《は》ねさせた。

入院用《にゅういんよう》に持《も》ってきてもらった服《ふく》だから、ラフなのは当《あ》たり前《まえ》。

それでも、一番《いちばん》マシなのを選《えら》んだつもりだったんだけど……。

平静《へいせい》を装《よそお》って、名良橋《ならはし》くんに笑顔《えがお》を向《む》ける。

「雨《あめ》で、服《ふく》がなかなか乾《かわ》かなくて……」

「ここ最近《さいきん》、ずっと雨《あめ》だもんな」

名良橋《ならはし》くんがじっと私《わたし》を見《み》る。

「な、何《なに》……？」

「早坂《はやさか》……飯食《めしく》ってるか？　ちょっと……いや、かなり瘦《や》せたように見《み》えるけど……」

またまたギクッ。なんなの名良橋《ならはし》くん！　今日《きょう》、やけに鋭《するど》いね！

なんて思《おも》っても声《こえ》に出《だ》せるはずもなく、曖昧《あいまい》に笑《わら》ってごまかしておいた。

ベッドの下《した》のパイプ椅子《いす》を取《と》り出《だ》して腰《こし》かけると、「そういえば」と名良橋《ならはし》くんが切《き》り出《だ》した。

「午前《ごぜん》の診察《しんさつ》で、外出許可《がいしゅつきょか》もらった」

よほどうれしかったのか、ピースを向《む》けながら言《い》う名良橋《ならはし》くん。

ほんとに……!?　手術《しゅじゅつ》から、まだ四日《よっか》しかたってないのに!?

「すごいよ名良橋《ならはし》くん、ほんとに許可《きょか》もらえちゃうなんて！」

「いや、俺《おれ》もまさか本当《ほんとう》にＯＫ《オーケー》もらえるとは思《おも》ってなかったから、正直《しょうじき》びっくりした」

苦笑《にがわら》いを浮《う》かべる名良橋《ならはし》くんに、私《わたし》の心《こころ》は決《き》まる。

「じゃあ明日《あした》は約束《やくそく》したとおり、海《うみ》に行《い》こう」

もう後戻《あともど》りできない。けど、これでいいの。

何《なに》がなんでも、約束《やくそく》を果《は》たすんだ。

「電車《でんしゃ》で一時間《いちじかん》くらいのところに、海辺《うみべ》の町《まち》があるの。昔家族《むかしかぞく》で行《い》ったことがあるんだけど、すっごくきれいだったんだ。そこに行《い》こうと思《おも》うんだけど、どうかな」

私《わたし》が聞《き》くと、名良橋《ならはし》くんは間髪《かんぱつ》いれずに頷《うなず》いた。

「すっげー楽《たの》しみ」

いつも大人《おとな》びた名良橋《ならはし》くんが子《こ》どもみたいに目《め》を輝《かがや》かせたので、私《わたし》は小《ちい》さく吹《ふ》き出《だ》してしまう。

そうすると今度《こんど》は不本意《ふほんい》そうにむくれたから、私《わたし》はまた笑《わら》った。

「じゃあ、時間《じかん》とか集合場所《しゅうごうばしょ》はあとで連絡《れんらく》するね」

「わかった」

何《なに》も知《し》らない名良橋《ならはし》くんは、うれしそうに表情《ひょうじょう》を緩《ゆる》めて頷《うなず》いた。


名良橋《ならはし》くんの病室《びょうしつ》をあとにして、その足《あし》で黒木先生《くろきせんせい》の元《もと》を訪《おとず》れた。

「お願《ねが》いします。明日一日《あしたいちにち》だけ、外出許可《がいしゅつきょか》をくださいっ」

会《あ》うなり頭《あたま》を下《さ》げた私《わたし》に、先生《せんせい》は面食《めんく》らったように目《め》を見開《みひら》いていた。

それから、深《ふか》いため息《いき》がつかれる。

「あのね、由仁《ゆに》ちゃん。この前《まえ》も言《い》ったけど……」

「自分《じぶん》の体《からだ》のことは、自分《じぶん》が一番《いちばん》わかってます」

できる限《かぎ》りまっすぐに、先生《せんせい》の目《め》を見《み》た。

わかってる。自分《じぶん》の体《からだ》が限界《げんかい》を迎《むか》えていること。残《のこ》された時間《じかん》が少《すく》ないことも。

でも……。

「今日《きょう》、すっごく元気《げんき》なんです！　頭《あたま》もぜんぜん痛《いた》くないし、ふらふらもしない」

「由仁《ゆに》ちゃん……」

「自分《じぶん》でもびっくりするくらい、調子《ちょうし》いいの。だから」

だから、お願《ねが》いです。

最後《さいご》に、名良橋《ならはし》くんと一緒《いっしょ》に海《うみ》を見《み》させて。

「……はぁ。由仁《ゆに》ちゃんには参《まい》るわ」

再《ふたた》び長《なが》い息《いき》を吐《は》いて、先生《せんせい》が私《わたし》の頭《あたま》を撫《な》でた。

「お姉《ねえ》さんに相談《そうだん》してみて、許可《きょか》が下《お》りたらね」

「あ……ありがとうございます……！」

思《おも》わず大《おお》きくなった声《こえ》でお礼《れい》を言《い》うと、先生《せんせい》は困《こま》ったように笑《わら》った。

## きみが流《なが》した涙《なみだ》

そして翌日《よくじつ》。名良橋《ならはし》くんが言《い》っていたように、約束《やくそく》の日《ひ》は昨日《きのう》までの雨《あめ》が嘘《うそ》のような快晴《かいせい》だった。

「ごめんね、圭《けい》くん。せっかくの休《やす》みなのに無理言《むりい》っちゃって」

「いえいえ。俺《おれ》も海見《うみみ》たかったたし、ちょうどいいドライブだよ」

病院《びょういん》の駐車場《ちゅうしゃじょう》に停《と》められた車《くるま》の後部座席《こうぶざせき》に乗《の》り込《こ》んで、運転席《うんてんせき》に座《すわ》る圭《けい》くんにお礼《れい》を言《い》う。

昨日《きのう》、外出許可《がいしゅつきょか》の承諾《しょうだく》をもらおうと電話《でんわ》をかけたとき、お姉《ねえ》ちゃんはいい反応《はんのう》をしなかった。

理由《りゆう》を聞《き》かれて名良橋《ならはし》くんとの約束《やくそく》のことを正直《しょうじき》に話《はな》すと、お姉《ねえ》ちゃんは少《すこ》し考《かんが》え込《こ》んだあと、付《つ》き添《そ》いを条件《じょうけん》に許可《きょか》をくれたのだ。

そして夜《よる》、圭《けい》くんが車《くるま》を出《だ》してくれることになったと連絡《れんらく》が来《き》た。

「名良橋《ならはし》くん、だっけ。彼《かれ》も、ここの病院《びょういん》に入院《にゅういん》してるんだよね？」

「うん。待《ま》ち合《あ》わせの時間《じかん》を遅《おく》らせて伝《つた》えてあるから、もう少《すこ》ししたら来《く》ると思《おも》う」

助手席《じょしゅせき》に座《すわ》るお姉《ねえ》ちゃんに向《む》かって頷《うなず》くと、お姉《ねえ》ちゃんは小《ちい》さく息《いき》を吐《は》いた。

「まさか妹《いもうと》のデートに同席《どうせき》する日《ひ》が来《く》るなんてねぇ」

「デ……デートじゃないよっ」

顔《かお》に熱《ねつ》が集中《しゅうちゅう》するのがわかる。

そんな私《わたし》を見《み》て二人《ふたり》が笑《わら》うから、私《わたし》は唇《くちびる》を尖《とが》らせた。

そうしていると、お姉《ねえ》ちゃんの優《やさ》しい視線《しせん》が向《む》けられる。

「向《む》こうについたら、私《わたし》たちは離《はな》れたところにいるから。存分《ぞんぶん》に楽《たの》しみなね」

目《め》を離《はな》すのは心配《しんぱい》なはずなのに、名良橋《ならはし》くんとの時間《じかん》を尊重《そんちょう》してくれたお姉《ねえ》ちゃんと圭《けい》くん。

どれだけ感謝《かんしゃ》しても、しきれないよ。

それから十分《じっぷん》もしないうちに、名良橋《ならはし》くんが松葉杖《まつばづえ》をついてやってきた。

「すみません、俺《おれ》たちの約束《やくそく》なのに車出《くるまだ》してもらっちゃって……」

「いえいえ。私《わたし》たちも久《ひさ》しぶりに遠出《とおで》できてうれしいから、気《き》にしないでね」

「じゃ、出発《しゅっぱつ》しますか」

圭《けい》くんの声《こえ》を合図《あいず》に、私《わたし》たち四人《よにん》を乗《の》せた車《くるま》は青空《あおぞら》の下《した》を軽快《けいかい》に走《はし》り出《だ》した。

車《くるま》を一時間《いちじかん》も走《はし》らせると、海《うみ》は見《み》えてきた。

「わぁ……！」

「海《うみ》だ」

後部座席《こうぶざせき》ではしゃぐ私《わたし》たちを、前《まえ》にいる二人《ふたり》が微笑《ほほえ》ましそうに見《み》ている。

気恥《きは》ずかしくなって顔《かお》をそらすけど、きっとバレバレなんだろうなぁ……。

「じゃあ、いったんここで分《わ》かれようか」

お昼《ひる》ごはんを食《た》べたあと、海岸《かいがん》の近《ちか》くで私《わたし》と名良橋《ならはし》くんが車《くるま》を降《お》りる。

「近《ちか》くにはいるから、何《なに》かあったら連絡《れんらく》してね」

送《おく》り出《だ》してくれたお姉《ねえ》ちゃんの表情《ひょうじょう》が少《すこ》しだけ硬《かた》かったことに気《き》がついてはいたけれど、気《き》づかないふりをして二人《ふたり》と別《わか》れた。

「行《い》こう」

名良橋《ならはし》くんが先《さき》に歩《ある》き始《はじ》めて、私《わたし》はそのあとを追《お》う。

降《ふ》り続《つづ》いた雨《あめ》の影響《えいきょう》か、砂浜《すなはま》には海藻《かいそう》や流木《りゅうぼく》がたくさん打《う》ち上《あ》げられていたけど、波《なみ》は案外穏《あんがいおだ》やかだった。

「海《うみ》だね」

「……あぁ、そうだな」

真上《まうえ》から続《つづ》く鮮《あざ》やかな青《あお》と、いつも同《おな》じ場所《ばしょ》でどっしりと構《かま》えている深《ふか》い青《あお》。

それら二《ふた》つを分《わ》ける水平線《すいへいせん》を、道路《どうろ》と砂浜《すなはま》とを隔《へだ》てるコンクリートの上《うえ》に立《た》って、二人《ふたり》でじっと眺《なが》めた。

約束《やくそく》、ちゃんと果《は》たせてよかった……。

しばらく無言《むごん》で海《うみ》を見《み》つめていると、突然名良橋《とつぜんならはし》くんが顔《かお》を覗《のぞ》き込《こ》んできた。

「なぁ、砂浜《すなはま》のほうまで行《い》ってみようぜ」

「えっ」

松葉杖《まつばづえ》なのに!?

止《と》めようと思《おも》っても、もう遅《おそ》かった。

ただでさえ足《あし》を取《と》られる砂浜《すなはま》なのに、名良橋《ならはし》くんはずんずん海《うみ》のほうへと歩《ある》いていく。

もう、名良橋《ならはし》くんったら……。濡《ぬ》れても知《し》らないからね。

ふうっと息《いき》をついて名良橋《ならはし》くんのあとを追《お》おうとした、そのときだった。

「……っ」

混《ま》ざるはずのない青《あお》が、私《わたし》の世界《せかい》で混《ま》ざり合《あ》った。

打《う》ち寄《よ》せる波《なみ》の音《おと》のほかに、甲高《かんだか》い音《おと》が聞《き》こえる。

なんでよ……。今《いま》の今《いま》まで、平気《へいき》だったのに……。

「……っう」

お願《ねが》い、もうちょっとだけでいいから……私《わたし》に時間《じかん》をちょうだい。

ぎゅっと目《め》を閉《と》じて、視界《しかい》をリセットする。

大丈夫《だいじょうぶ》、大丈夫《だいじょうぶ》だ……。

まるで呪文《じゅもん》のように、心《こころ》の中《なか》で繰《く》り返《かえ》した。

「おーい、早坂《はやさか》も早《はや》くこっち来《こ》いよ」

「……うん！　今行《いまい》く」

名良橋《ならはし》くんの呼《よ》びかけにできる限《かぎ》り明《あか》るく応《こた》えた。

転《ころ》ばないように気《き》をつけながら、すでに波打《なみう》ち際《ぎわ》にいる彼《かれ》の元《もと》へと歩《あゆ》みを進《すす》める。

彼《かれ》は、波《なみ》が来《こ》ないギリギリのところで地面《じめん》と睨《にら》めっこしていた。

「ここまで来《き》たんなら浸《つ》かりてー」

「さすがにそれはやめときなよ？」

「わかってるよ」

なんて口《くち》では言《い》ってるけど……頭《あたま》の中《なか》では、どうやったら不自由《ふじゆう》な体《からだ》で安全《あんぜん》に海水《かいすい》に触《ふ》れられるかを考《かんが》えてるに違《ちが》いない。

柔《やわ》らかい黒髪《くろかみ》が潮風《しおかぜ》になびくのをぼうっと見《み》つめていると、ふいに顔《かお》を上《あ》げた名良橋《ならはし》くんと視線《しせん》が絡《から》んだ。

「ん？」

ふっと微笑《ほほえ》んで、名良橋《ならはし》くんが首《くび》をかしげる。

すぐに、心臓《しんぞう》が早鐘《はやがね》を打《う》ち始《はじ》めたのがわかった。

その仕草《しぐさ》は……ずるいと思《おも》う。

「なんでもないよっ」

赤《あか》くなった顔《かお》を隠《かく》すように、名良橋《ならはし》くんに背中《せなか》を向《む》けて歩《ある》き出《だ》す。

砂《すな》が足《あし》に絡《から》みついて、ものすごく歩《ある》きにくい。

名良橋《ならはし》くん、松葉杖《まつばづえ》でよく歩《ある》けるなぁ……なんて思《おも》っていると。

「うわっ」

背後《はいご》で、名良橋《ならはし》くんが声《こえ》を上《あ》げた。

びっくりして振《ふ》り返《かえ》ると、名良橋《ならはし》くんが砂浜《すなはま》に倒《たお》れ込《こ》んでいる。

転《ころ》んだの⁉

「なっ、大丈夫《だいじょうぶ》⁉」

慌《あわ》てて駆《か》け寄《よ》ると、彼《かれ》はごろんと仰向《あおむ》けになって私《わたし》に手《て》を伸《の》ばした。

……起《お》こせってこと？

「しょうがないなぁ……って、え⁉」

伸《の》ばされた手《て》を取《と》って起《お》こそうとしたら、逆《ぎゃく》に引《ひ》っ張《ぱ》られた。

瞬間《しゅんかん》、私《わたし》の世界《せかい》が逆《さか》さまになる。

視界《しかい》を埋《う》め尽《つ》くす、名良橋《ならはし》くんのシャツ。

鼻《はな》に届《とど》くのは、出会《であ》ったときと同《おな》じ爽《さわ》やかな匂《にお》い。

全身《ぜんしん》に感《かん》じるのは……私《わたし》のものではない体温《たいおん》。

「な……」

あまりに突然《とつぜん》の出来事《できごと》に、声《こえ》が出《で》ない。

今《いま》私《わたし》は、砂浜《すなはま》に寝転《ねころ》ぶ名良橋《ならはし》くんの上《うえ》にいて、抱《だ》きしめられている。

これは、もしかしなくても……。

「ハメたね……？」

逞《たくま》しい腕《うで》の中《なか》で名良橋《ならはし》くんを見上《みあ》げると、彼《かれ》は楽《たの》しそうに笑《わら》った。

「迫真《はくしん》の演技《えんぎ》だったろ？」

「タチ悪《わる》いなぁ……」

名良橋《ならはし》くんがいるとはいえ、砂《すな》まみれになっちゃったよ。

むうっとむくれてみるけれど、伝《つた》わってくる名良橋《ならはし》くんの体温《たいおん》が心地《ここち》よくてすぐに起《お》き上《あ》がろうとは思《おも》えない。

目《め》を閉《と》じて、温《ぬく》もりにすべてを預《あず》けてみる。

「……ありがとね、名良橋《ならはし》くん」

「何《なに》が？」

唐突《とうとつ》な感謝《かんしゃ》の言葉《ことば》に、名良橋《ならはし》くんは怪訝《けげん》そうに問《と》い返《かえ》す。

「転校《てんこう》してきてすぐのころ……ずっと一人《ひとり》でいた私《わたし》を、輪《わ》の中《なか》に引《ひ》き入《い》れてくれたでしょ」

大好《だいす》きな腕《うで》の中《なか》で、そう遠《とお》くない過去《かこ》を振《ふ》り返《かえ》る。

あの日《ひ》あの瞬間《しゅんかん》、名良橋《ならはし》くんと保健室《ほけんしつ》で会《あ》わなかったら……私《わたし》は今《いま》、ここにいなかったかもしれない。

「初《はじ》めは、なんて強引《ごういん》なのって腹《はら》も立《た》ったけど……今《いま》は、ものすごく感謝《かんしゃ》してるんだ」

「感謝《かんしゃ》とか、大《おお》げさだろ」

「大《おお》げさじゃないよ。私《わたし》にとっては、ものすごく大《おお》きな出来事《できごと》だった」

誰《だれ》とも関《かか》わらずに学校生活《がっこうせいかつ》を過《す》ごそうと決《き》めた。

感情《かんじょう》に蓋《ふた》をして、頑丈《がんじょう》な鍵《かぎ》をかけた。

その鍵《かぎ》を真《ま》っ向《こう》から壊《こわ》しにくる人《ひと》が現《あらわ》れるなんて、思《おも》ってなかったんだよ。

「みんなと過《す》ごす時間《じかん》が、本当《ほんとう》に幸《しあわ》せだった。モノクロだった毎日《まいにち》に、名良橋《ならはし》くんが色《いろ》をくれたんだよ」

好《す》きなんて絶対《ぜったい》に言《い》わない。

でもせめて、感謝《かんしゃ》の言葉《ことば》くらいは伝《つた》えたい。

「本当《ほんとう》にありがとう。私《わたし》、名良橋《ならはし》くんに出会《であ》えてよかっ――」

言《い》い終《お》わる前《まえ》に、世界《せかい》がまた反転《はんてん》した。

砂浜《すなはま》の熱《ねつ》を背中《せなか》に感《かん》じるけど、砂浜《すなはま》に手《て》をついて私《わたし》を見下《みお》ろす名良橋《ならはし》くんに意識《いしき》が集中《しゅうちゅう》している。

これ、どういう……。

状況《じょうきょう》を理解《りかい》する前《まえ》に、逆光《ぎゃっこう》で陰《かげ》になった名良橋《ならはし》くんの顔《かお》がゆっくりと近《ちか》づいてきた。

唇《くちびる》が触《ふ》れる。そう思《おも》った瞬間《しゅんかん》、名良橋《ならはし》くんの目《め》が切《せつ》なく細《ほそ》められた。

「今生《こんじょう》の別《わか》れみたいなこと言《い》うんじゃねーよ」

噛《か》み殺《ころ》すように言《い》った名良橋《ならはし》くんの唇《くちびる》が、私《わたし》のものと重《かさ》なった。

私《わたし》の熱《ねつ》と名良橋《ならはし》くんの熱《ねつ》と、照《て》りつける太陽《たいよう》の熱《ねつ》が混《ま》ざる。

二度目《にどめ》のキスに含《ふく》まれた意味《いみ》を、私《わたし》は理解《りかい》することができなかった。

「……っ」

ゆっくりと、名良橋《ならはし》くんの熱《ねつ》が離《はな》れていく。

放心状態《ほうしんじょうたい》で砂浜《すなはま》の上《うえ》に寝転《ねころ》ぶ私《わたし》の前《まえ》からどいて、彼《かれ》はそっぽを向《む》いた。

「……絶対《ぜったい》に謝《あやま》らねぇからな。早坂《はやさか》が、突然変《とつぜんへん》なこと言《い》うから悪《わる》いんだ」

「な……何《なに》その責任転嫁《せきにんてんか》っ」

「うるせー」

左《ひだり》足《あし》を庇《かば》うようにして名良橋《ならはし》くんは立《た》ち上《あ》がり、またずんずんと先《さき》を歩《ある》いていく。

変《へん》なこと言《い》うからって……普通口《ふつうくち》で塞《ふさ》ぐ!?

名良橋《ならはし》くんを追《お》いかけようと立《た》ち上《あ》がって、ついた砂《すな》を払《はら》う……つもりだった。

「……いっ」

だけどその瞬間《しゅんかん》、頭《あたま》に鋭《するど》い痛《いた》みが走《はし》り、私《わたし》はその場《ば》にうずくまる。

耳鳴《みみな》りが酷《ひど》い。意識《いしき》が朦朧《もうろう》とする。

さっきみたいに目《め》を瞑《つむ》ってみても、まぶたの裏《うら》に広《ひろ》がる暗闇《くらやみ》でさえ歪《ゆが》んで見《み》えた。

「な……はしく……」

蚊《か》の鳴《な》くような声《こえ》で呼《よ》ぶと、彼《かれ》の背中《せなか》が振《ふ》り向《む》いた。

「……早坂《はやさか》？」

「……っ」

痛《いた》みが一層《いっそう》酷《ひど》くなり、砂浜《すなはま》に膝《ひざ》をつく。

「早坂《はやさか》ッ！」

名良橋《ならはし》くんがもう一度《いちど》名前《なまえ》を呼《よ》んだのとほぼ同《おな》じタイミングで、全身《ぜんしん》の力《ちから》が抜《ぬ》け、私《わたし》はついに砂《すな》に倒《たお》れ込《こ》んだ。

私《わたし》を呼《よ》ぶ声《こえ》が徐々《じょじょ》に遠《とお》のき、やがて意識《いしき》は完全《かんぜん》に途絶《とだ》えた。


ゆらゆら揺《ゆ》れる世界《せかい》の中《なか》、もうダメかも……って、本気《ほんき》で思《おも》った。

もうすぐ、誕生日《たんじょうび》だったのになぁ……。

私《わたし》はまだ十四歳《じゅうよんさい》なのに、名良橋《ならはし》くんは十五歳《じゅうごさい》。

そのたった一歳《いっさい》の差《さ》が、ものすごく大《おお》きく感《かん》じたんだ。

手《て》のひらに温《ぬく》もりを感《かん》じ、薄《うす》く目《め》を開《ひら》いた。

高《たか》い天井《てんじょう》に、クリーム色《いろ》のカーテンが見《み》える。

「……早坂《はやさか》？」

大好《だいす》きな人《ひと》の声《こえ》が聞《き》こえて視線《しせん》を向《む》けると、そこにいた名良橋《ならはし》くんは、酷《ひど》くやつれているように見《み》えた。

視線《しせん》が絡《から》んで、彼《かれ》はやっぱりやつれた様子《ようす》で息《いき》をつく。

手《て》のひらから伝《つた》わる名良橋《ならはし》くんのものらしき温《ぬく》もりは本物《ほんもの》で、どうやら私《わたし》はまだ生《い》きているみたい。

「名良橋《ならはし》……くん」

酸素《さんそ》マスクのせいでこもった声《こえ》。

そうだ。私《わたし》、名良橋《ならはし》くんの前《まえ》で倒《たお》れたんだ……。

心配《しんぱい》かけてごめんね。徹夜《てつや》で映画《えいが》を見《み》たのが悪《わる》かったのかな。貧血《ひんけつ》が酷《ひど》くて、倒《たお》れちゃった。

とっさに言《い》い訳《わけ》を並《なら》べようとした私《わたし》を、名良橋《ならはし》くんが追《お》い抜《ぬ》く。

「……全部《ぜんぶ》、聞《き》いた」

……え？

目《め》を見《み》はって、ベッド脇《わき》にいる名良橋《ならはし》くんを見《み》る。

大《おお》きく心臓《しんぞう》が跳《は》ねたのを感《かん》じた。

「病院《びょういん》に搬送《はんそう》されている間《あいだ》……お姉《ねえ》さんに聞《き》いたんだ。早坂《はやさか》、どこか悪《わる》いのかって」

「……っ」

「なかなか話《はな》してくれなかったけど、しつこく聞《き》いたら教《おし》えてくれたんだ。病気《びょうき》のことも……余命《よめい》のことも」

眉間《みけん》にシワを寄《よ》せて、何《なに》かを堪《こら》えるように言葉《ことば》を並《なら》べていく名良橋《ならはし》くん。

知《し》られ、ちゃった。

失《うしな》うことに怯《おび》えていた名良橋《ならはし》くんに、絶対《ぜったい》に知《し》られたくなかった秘密《ひみつ》を。

「なんで、ボロボロの体《からだ》で外出許可《がいしゅつきょか》なんかもらうんだよ」

私《わたし》の右手《みぎて》を握《にぎ》る力《ちから》が、ぎゅうっと強《つよ》められる。

「なんで、自分《じぶん》の体《からだ》より約束《やくそく》を優先《ゆうせん》させるんだよ。なんで……っ」

違《ちが》う、こんな顔《かお》させたかったんじゃない。

名良橋《ならはし》くんには、何《なに》も知《し》らずに笑《わら》っててほしかったのに。

「転校《てんこう》……するんじゃなかったのかよ」

「……」

「余命《よめい》とか、なんだよそれ。意味《いみ》わかんねーよ……！」

堪《こら》えかねたように、大粒《おおつぶ》の涙《なみだ》が名良橋《ならはし》くんの頬《ほほ》を零《こぼ》れ落《お》ちた。

「……っ」

名良橋《ならはし》くんが、泣《な》いた。

事故《じこ》に遭《あ》って苦《くる》しんでいたとき、男《おとこ》だから泣《な》かないって言《い》った。

そんな彼《かれ》が……泣《な》いたんだ。

私《わたし》が与《あた》えてしまった痛《いた》みの大《おお》きさを思《おも》い知《し》る。

「ごめん……。ごめんね……」

壊《こわ》れたロボットみたいに、ごめんの言葉《ことば》を繰《く》り返《かえ》す。

「嘘《うそ》ばっかりで、ごめんなさい……っ」

名良橋《ならはし》くんと過《す》ごす日々《ひび》の中《なか》で、私《わたし》はたくさんの嘘《うそ》をついた。

自分《じぶん》を守《まも》るための、救《すく》いようのない嘘《うそ》ばかりを。

そんな自分勝手《じぶんかって》な嘘《うそ》が、今《いま》こうして名良橋《ならはし》くんを苦《くる》しめている。

大好《だいす》きな人《ひと》を、苦《くる》しめてるんだ。

「確《たし》かに早坂《はやさか》は、たくさんの嘘《うそ》をついた」

「……っ」

「けど俺《おれ》は……早坂《はやさか》の全部《ぜんぶ》が嘘《うそ》だなんて思《おも》わねーよ」

ぼろぼろと涙《なみだ》を流《なが》したまま、同《おな》じように視界《しかい》を滲《にじ》ませている私《わたし》の頭《あたま》を優《やさ》しく撫《な》でてくれる。

「俺《おれ》らが過《す》ごしてきた時間《じかん》は、何一《なにひと》つ嘘《うそ》なんかじゃなかっただろ？」

すべて知《し》って、それでも名良橋《ならはし》くんは肯定《こうてい》してくれるの。

私《わたし》の宝物《たからもの》である平凡《へいぼん》で輝《かがや》かしい日々《ひび》が、名良橋《ならはし》くんにとってもそうだって自惚《うぬぼ》れてもいいのかな……。

「ねえ、名良橋《ならはし》くん。最後《さいご》にわがまま、言《い》っていいかなぁ……？」

名良橋《ならはし》くんが握《にぎ》り続《つづ》けてくれているのとは逆《ぎゃく》の手《て》で、目元《めもと》をごしごしと拭《ぬぐ》う。

今《いま》まで、何度《なんど》も何度《なんど》も名良橋《ならはし》くんの前《まえ》で涙《なみだ》を見《み》せてきたから、最後《さいご》くらいは笑《わら》っていたいと思《おも》ったの。

「なんだって聞《き》いてやるから……だから、最後《さいご》だなんて言《い》うな……」

名良橋《ならはし》くんの顔《かお》がさらに歪《ゆが》む。

さよならの前《まえ》にこんな姿《すがた》を見《み》られたことをうれしくも思《おも》うけど、私《わたし》はやっぱりきみの笑顔《えがお》が好《す》きだよ。

でも、何《なに》を考《かんが》えているのかわからないようなポーカーフェイスも嫌《きら》いじゃない。

漆黒《しっこく》の瞳《ひとみ》も柔《やわ》らかい黒髪《くろかみ》も大《おお》きな手《て》も、逞《たくま》しいその腕《うで》も。

全部全部《ぜんぶぜんぶ》愛《いと》おしくてたまらないのに、私《わたし》たちの進《すす》む道《みち》は分《わ》かれてる。

「最後《さいご》まで……そばにいてほしい」

私《わたし》の命《いのち》が尽《つ》きる、その瞬間《しゅんかん》まで。

現実的《げんじつてき》には無理《むり》でもいい。ただ、気持《きも》ちをそばに感《かん》じていたい。

口元《くちもと》に笑《え》みを浮《う》かべて言《い》うと、目《め》を真《ま》っ赤《か》にした名良橋《ならはし》くんが「バカ」って呟《つぶや》いた。

「そんなの当《あ》たり前《まえ》だろ？　頼《たの》まれなくてもそうするっつーの」

頼《たの》まれなくてもだって。えへへ、うれしいな。

こんな状況《じょうきょう》でも大《おお》きくなるなんて、恋心《こいごころ》ってやつはすごい。

「じゃあ、俺《おれ》のわがままも聞《き》いてくれるか？」

とめどなく溢《あふ》れる涙《なみだ》をそのままに、名良橋《ならはし》くんがくしゃりと笑《わら》う。私《わたし》の、一番《いちばん》好《す》きな名《な》良《ら》橋《はし》くんだ。

返事《へんじ》の代《か》わりに頷《うなず》くと、彼《かれ》は頬《ほほ》を緩《ゆる》める。

「ずっと、そばにいてほしい」

それこそ……そんなの当《あ》たり前《まえ》だよ、名良《なら》橋《はし》くん。


桜《さくら》が散《ち》って、空《そら》がうんと高《たか》い夏《なつ》が訪《おとず》れる。青葉《あおば》はやがて紅《あか》く染《そ》まり、じきに冷《つめ》たい冬《ふゆ》が来《く》る。

はらはらと降《ふ》り積《つ》もっていた雪《ゆき》が溶《と》けたかと思《おも》えば、枝先《えださき》の蕾《つぼみ》がまた芽吹《めぶ》く。

そんな愛《いと》おしい世界《せかい》を、これからも生《い》きていくきみのそばに。

私《わたし》が、いなくなっても。

姿形《すがたかたち》が見《み》えなくなっても。

ずっとずっと、そばにいるから。

一緒《いっしょ》に紡《つむ》いだ思《おも》い出《で》は、いつまでも色褪《いろあ》せることなんてないって信《しん》じられる。

名良橋《ならはし》くんがくれたものすべてが、永遠《えいえん》に私《わたし》の心《こころ》の中《なか》で生《い》き続《つづ》けるの。

「絶対絶対《ぜったいぜったい》、幸《しあわ》せでいてね」

「まぁ、心配《しんぱい》かけねー程度《ていど》にうまくやるよ」

「あはは、名良橋《ならはし》くんらしいや。……約束《やくそく》ね」

今度《こんど》は強《つよ》がりじゃなく、心《こころ》から名良橋《ならはし》くんの幸《しあわ》せを祈《いの》るよ。

そして私《わたし》は、きみだけの天使《てんし》になる──。

## 十五歳《じゅうごさい》の天使《てんし》【由貴《ゆき》 side】

苦《くる》しくも愛《いと》しい季節《きせつ》が、今年《ことし》もまたやってきた。

「あれから……もう三年《さんねん》になるんだな」

波打《なみう》ち際《ぎわ》にしゃがみ込《こ》んで、かかえていた花束《はなたば》を海《うみ》に浮《う》かべる。

雲一《くもひと》つない青空《あおぞら》の下《した》、それが波《なみ》にさらわれていくのを眺《なが》めながら、隣《となり》に立《た》つ制服姿《せいふくすがた》の高《たか》野《の》が声《こえ》を漏《も》らした。

今日《きょう》……六月二十八日《ろくがつにじゅうはちにち》は、中学《ちゅうがく》の同級生《どうきゅうせい》である早坂由仁《はやさかゆに》の誕生日《たんじょうび》であり、命日《めいにち》だ。

「今年《ことし》はなんの花《はな》にしたの？　早坂《はやさか》さんへのラブレター」

「……茶化《ちゃか》してんじゃねーよ」

「はは、ごめんごめん。でも、気《き》になるのは本当《ほんとう》だよ。毎年《まいとし》、違《ちが》う花《はな》を選《えら》んでるんだろ？」

高野《たかの》が言《い》っているのは、俺《おれ》が毎年《まいとし》この日《ひ》に、早坂《はやさか》と訪《おとず》れた海《うみ》に流《なが》している花《はな》のことだ。

「カーネーション」

「へぇ。ちなみに、花言葉《はなことば》は？」

「誰《だれ》が教《おし》えるか」

〝あなたに会《あ》いたい〟

沖《おき》に流《なが》されていく赤《あか》に込《こ》めた想《おも》いを受《う》け取《と》るのは、一人《ひとり》だけでいい。

「それにしても似合《にあ》わないよね、名良橋《ならはし》と花《はな》って」

おかしそうに言《い》われるのは悔《くや》しいけど、それは自分《じぶん》でも思《おも》うことなので受《う》け流《なが》しておく。

ただの願望《がんぼう》なんだ。

どれだけ頑張《がんば》っても、俺《おれ》は水平線《すいへいせん》の向《む》こうに行《い》くことはできない。

だからこそ、願《ねが》いを込《こ》めた花束《はなたば》なら、空《そら》の上《うえ》にいるあいつの元《もと》に届《とど》くんじゃないかって。

「なぁ、高野《たかの》」

「ん？」

「俺《おれ》はあのころ……ちゃんと最善《さいぜん》を選《えら》べてたのかな……」

彼女《かのじょ》と過《す》ごした時間《じかん》に想《おも》いを馳《は》せ、俺《おれ》は真上《まうえ》に広《ひろ》がる真《ま》っ青《さお》な空《そら》を見上《みあ》げた。

早坂《はやさか》と出会《であ》ったのは中学三年生《ちゅうがくさんねんせい》の春《はる》。

初《はじ》めて言葉《ことば》を交《か》わしたときの印象《いんしょう》はたぶんお互《たが》い最悪《さいあく》で、まさかあんなにもかけがえのない存在《そんざい》になるだなんて、想像《そうぞう》すらしていなかった。

普段《ふだん》は難《むずか》しい顔《かお》をしているくせに本当《ほんとう》は表情《ひょうじょう》豊《ゆた》かだったり、一人《ひとり》でいようとするくせに俺《おれ》が困《こま》ってると助《たす》けてくれたり。

新《あたら》しい一面《いちめん》を知《し》るたびに早坂《はやさか》のことが気《き》になって、気《き》がついたときには好《す》きになっていた。初恋《はつこい》だった。

早坂《はやさか》と過《す》ごす時間《じかん》は、いつも愛《いと》おしかった。幸《しあわ》せだった。

幸《しあわ》せすぎて、気《き》づけなかった。

早坂《はやさか》が砂浜《すなはま》に倒《たお》れ込《こ》むまで。

あいつが必死《ひっし》に隠《かく》し続《つづ》けていたことに、俺《おれ》は気《き》づくことができなかった。


しゃがみ込《こ》んだまま、打《う》ち寄《よ》せる波《なみ》に視線《しせん》を移《うつ》した。

波《なみ》と波《なみ》の間《あいだ》で、砂《すな》や貝殻《かいがら》が踊《おど》っている。

「ときどき、不安《ふあん》になるんだ。俺《おれ》があいつにしたことは、本当《ほんとう》に間違《まちが》ってなかったのかって」

早坂《はやさか》がかかえている事情《じじょう》なんて知《し》らずに、のうのうと過《す》ごしていた俺《おれ》は……あいつの重荷《おもに》になってはいなかったか？

あの日々《ひび》に、俺《おれ》は後悔《こうかい》していない。

でも、早坂《はやさか》はどうだったんだろう。

早坂《はやさか》の死《し》を時間《じかん》をかけて少《すこ》しずつ受《う》け止《と》めてきたけれど、それだけがずっと気《き》がかりだった。

「……ったく。正反対《せいはんたい》のようで似《に》てるよな、二人《ふたり》って」

呆《あき》れたように笑《わら》う高野《たかの》に、「なんだよそれ」と言葉《ことば》を返《かえ》す。

そのとき、びゅうっと巻《ま》き上《あ》げるような風《かぜ》が吹《ふ》いた。

「名良橋《ならはし》くーん！　高野《たかの》くーん！」

風《かぜ》に乗《の》って、聞《き》き覚《おぼ》えのある声《こえ》に名前《なまえ》を呼《よ》ばれる。

振《ふ》り返《かえ》ると、遊歩道《ゆうほどう》から砂浜《すなはま》に向《む》かって手《て》を振《ふ》る女性《じょせい》の姿《すがた》が見《み》えた。

「楓《かえで》さん？」

その女性《じょせい》は、今《いま》は結婚《けっこん》して名字《みょうじ》が変《か》わった、早坂《はやさか》のお姉《ねえ》さんだった。

黒《くろ》いワンピースに身《み》を包《つつ》んで、こちらに向《む》かって走《はし》ってくる。

「なんでここに……」

「お墓参《はかまい》りのあと、毎年《まいとし》ここに寄《よ》るって聞《き》いてたから来《き》てみたの。ここ、今《いま》の家《いえ》から近《ちか》いからさ」

いなかったらあとで連絡《れんらく》するつもりだったの、と楓《かえで》さんが笑《わら》う。

「これを、名良橋《ならはし》くんに渡《わた》したくて」

目《め》を伏《ふ》せて楓《かえで》さんがカバンから取《と》り出《だ》したのは、薄《うす》い水色《みずいろ》の封筒《ふうとう》だった。

表面《おもてめん》には、【名良橋《ならはし》くんへ】と書《か》かれている。

「これ……！」

「この間《あいだ》、引《ひ》っ越《こ》しのとき、由仁《ゆに》の遺品《いひん》を整理《せいり》してて見《み》つけたの。入院《にゅういん》の差《さ》し入《い》れに渡《わた》した本《ほん》の間《あいだ》に挟《はさ》まってた」

震《ふる》える手《て》を伸《の》ばして、差《さ》し出《だ》された封筒《ふうとう》を受《う》け取《と》る。

手元《てもと》に来《き》て確信《かくしん》した。

筆圧《ひつあつ》が弱《よわ》くて頼《たよ》りないけどわかる、これは間違《まちが》いなく早坂《はやさか》の字《じ》だ。

「つらくてなかなか遺品整理《いひんせいり》できなくて。そのせいで、届《とど》けるのが遅《おそ》くなっちゃった。ごめんね」

「い、いえ」

「よかったら、読《よ》んであげて。由仁《ゆに》からのラブレターだと思《おも》うから」

薬指《くすりゆび》に輝《かがや》きを添《そ》えた左手《ひだりて》を大《おお》きく振《ふ》って、楓《かえで》さんが去《さ》っていく。

三年前《さんねんまえ》の今日《きょう》、窓《まど》の外《そと》は土砂降《どしゃぶ》りの雨《あめ》だった。

放課後《ほうかご》、松葉杖《まつばづえ》をついて病室《びょうしつ》を訪《おとず》れた俺《おれ》を出迎《でむか》えたのは、弱《よわ》りきった早坂《はやさか》だった。

虚《うつ》ろな目《め》で俺《おれ》を見《み》て『十五歳《じゅうごさい》になったよ』と言《い》って笑《わら》った彼女《かのじょ》は、その数時間後《すうじかんご》に息《いき》を引《ひ》き取《と》った。

「びっくりしたね……。まさか今《いま》ごろ、そんなものが出《で》てくるなんて」

「あ、あぁ……」

「読《よ》んでみなよ。お前《まえ》が知《し》りたいことも、書《か》いてあるかもよ」

高野《たかの》に背中《せなか》を押《お》されて、微《かす》かに震《ふる》える指先《ゆびさき》で封《ふう》を開《あ》ける。

二《ふた》つ折《お》りの便箋《びんせん》を開《ひら》くと、目《め》に飛《と》び込《こ》んできたのは懐《なつ》かしい早坂《はやさか》の字《じ》だった。

名良橋《ならはし》くんへ

こんにちは、早坂由仁《はやさかゆに》です。

いきなり手紙《てがみ》なんて書《か》いて、びっくりしたかな。

私《わたし》は今《いま》、病院《びょういん》のベッドの上《うえ》にいます。

名良橋《ならはし》くんに病気《びょうき》が知《し》られてしまったとき、まだ伝《つた》えられていないことがあったような気《き》がしたんだけど、面《めん》と向《む》かってはきっと言《い》えないから、手紙《てがみ》を書《か》くことにしました。


脳腫瘍《のうしゅよう》が見《み》つかったのは、中学一年生《ちゅうがくいちねんせい》のときでした。

なんで私《わたし》なんだろうってたくさん泣《な》いたし、関係《かんけい》のないことに無理《むり》やり原因《げんいん》を見出《みいだ》そうとしたりもした。毎日《まいにち》が真《ま》っ暗《くら》だった。

転校《てんこう》して学校《がっこう》に通《かよ》うと決《き》めたときも、本当《ほんとう》は希望《きぼう》なんてどこにもなくて、なんてことない学校生活《がっこうせいかつ》を送《おく》って、誰《だれ》にも気《き》づかれずに死《し》んでいくんだと思《おも》ってた。

でも、そんな私《わたし》の世界《せかい》に光《ひかり》が射《さ》しました。

名良橋《ならはし》くん、あなたです。

あまりに突然《とつぜん》だったから眩《まぶ》しくて眩《まぶ》しくて、初《はじ》めは背《せ》を向《む》けてしまっていたけれど、本当《ほんとう》はとってもうれしかった。

ダメだってわかっていても、手《て》を伸《の》ばすことをやめられなかった。

高野《たかの》くんがいて伊東《いとう》くんがいて瀬川《せがわ》さんがいて深津《ふかつ》さんがいて、何《なに》より名良橋《ならはし》くんがいるその場所《ばしょ》が、私《わたし》が本当《ほんとう》に欲《ほ》しかったものだったのだと思《おも》います。

そんな場所《ばしょ》をくれた名良橋《ならはし》くんに、私《わたし》はたくさんの嘘《うそ》をつきました。守《まも》れない約束《やくそく》もしました。

そのせいで、いっぱい傷《きず》つけちゃったよね。ごめんなさい。

バイクの免許《めんきょ》を取《と》ったら一番《いちばん》に後《うし》ろに乗《の》せてって約束《やくそく》は、忘《わす》れてください。

ちゃんと言《い》っておかなきゃね。名良橋《ならはし》くんのことだから、律儀《りちぎ》に守《まも》ってくれそうだもん。

名良橋《ならはし》くんに出会《であ》えてよかったって、心《こころ》から思《おも》う。

毎日《まいにち》がこんなにも楽《たの》しかったのは、名良橋《ならはし》くんのおかげです。ありがとう。

どれだけ言《い》っても伝《つた》えきれないけど、本当《ほんとう》に本当《ほんとう》にありがとう。

一緒《いっしょ》にいられて、私《わたし》は幸《しあわ》せでした。

またいつか、どこかで会《あ》おうね。バイバイ。

早坂由仁《はやさかゆに》

頬《ほお》を伝《つた》った涙《なみだ》が、砂浜《すなはま》にぽたぽたと落《お》ちる。

嗚咽《おえつ》を漏《も》らす俺《おれ》の肩《かた》に手《て》を置《お》いて、高野《たかの》が穏《おだ》やかな声色《こわいろ》で言《い》った。

「心配《しんぱい》しなくても、お前《まえ》は間違《まちが》ってなかったと思《おも》うよ。その手紙《てがみ》で、早坂《はやさか》さん本人《ほんにん》が教《おし》えてくれただろ？」

返事《へんじ》の代《か》わりに、何度《なんど》も何度《なんど》も頷《うなず》いた。

俺《おれ》は、早坂《はやさか》の重荷《おもに》にはなっていなかった。光《ひかり》とさえ言《い》ってくれた。

「名良橋《ならはし》が早坂《はやさか》さんを好《す》きだったように、早坂《はやさか》さんもお前《まえ》のことが好《す》きだったよ。気持《きも》ちを自覚《じかく》して泣《な》いちゃうくらいにはさ」

海《うみ》に流《なが》したカーネーションはもう見《み》えない。

……いや、見《み》えなくなったんじゃない。届《とど》いたんだ。

時間《じかん》がかかったけど、お互《たが》いの想《おも》いが、それぞれの元《もと》へ。

「俺《おれ》……大学生《だいがくせい》になったら、部活《ぶかつ》の合間《あいま》にバイクの免許《めんきょ》とるつもりなんだ」

目元《めもと》をごしごしと擦《こす》りながら、ゆっくりと立《た》ち上《あ》がる。

「一番《いちばん》に後《うし》ろに乗《の》せるのが大《おお》きくなった紡《つむぎ》だったら、早坂《はやさか》も許《ゆる》してくれるかな」

俺《おれ》が言《い》うと、高野《たかの》がくしゃっと笑《わら》う。

「いいんじゃない？　早坂《はやさか》さんのことだから、紡《つむぎ》ちゃんを乗《の》せるなんて名良橋《ならはし》くんずるい！　とかって言《い》いそうだけど」

「はは、ありえる」

また風《かぜ》が吹《ふ》いた。宝物《たからもの》みたいな日々《ひび》を思《おも》い出《だ》すような、柔《やわ》らかく優《やさ》しい風《かぜ》だった。

上書《うわが》きされた。でも、忘《わす》れてなんかやるもんか。

流《なが》れていく時間《じかん》の中《なか》で、何度《なんど》だって思《おも》い出《だ》すよ。

かけがえのない日々《ひび》を精一杯《せいいっぱい》生《い》きた、十五歳《じゅうごさい》の天使《てんし》のことを。

END

# あとがき

こんにちは、作者《さくしゃ》の砂倉春待《さくらはるまち》です。

このたびは、『15歳《さい》の天使《てんし》　最後《さいご》の瞬間《しゅんかん》まで、きみと』を手《て》に取《と》ってくださりありがとうございます。

数年前《すうねんまえ》にケータイ小説文庫《しょうせつぶんこ》として書籍化《しょせきか》していただいた作品《さくひん》を、今回新《こんかいあら》たに編集《へんしゅう》を加《くわ》えて出版《しゅっぱん》していただくことになりました。

野《の》いちごジュニア文庫《ぶんこ》から出《で》させていただくのは初《はじ》めてなので、緊張《きんちょう》しています……。

この作品《さくひん》を書《か》いたのは、作中《さくちゅう》の由仁《ゆに》たちと同《おな》じ、中学生《ちゅうがくせい》のころでした。

少《すこ》しずつ大人《おとな》に近《ちか》づいていく時代《じだい》。楽《たの》しいことと同《おな》じくらい、つらく感《かん》じることも多《おお》かったように思《おも》います。

それでも、あれから十年以上《じゅうねんいじょう》がたった今《いま》、あのころ経験《けいけん》した一《ひと》つひとつの出来事《できごと》が今《いま》の私《わたし》を造《つく》り、支《ささ》えてくれていると思《おも》えるようになりました。

もう戻《もど》らないからこそ、全部《ぜんぶ》ひっくるめてかけがえのない時間《じかん》だった。

そんなふうに感《かん》じたことを、この作品《さくひん》に込《こ》めました。

読《よ》んでくださったあなた様《さま》の心《こころ》に、少《すこ》しでも残《のこ》るものがあればうれしいです。

最後《さいご》になりましたが、素敵《すてき》なイラストで作品《さくひん》を彩《いろど》ってくださったイラストレーター様《さま》をはじめ、本書《ほんしょ》の制作《せいさく》に携《たずさ》わってくださった方々《かたがた》、そして、この本《ほん》を読《よ》んでくださった皆《みな》様《さま》に、心《こころ》から感謝申《かんしゃもう》し上《あ》げます。

またどこかでお会《あ》いできますように。

二〇二五年一月二十日　砂倉春待《さくらはるまち》

野いちごジュニア文庫

**著・砂倉春待**（さくら　はるまち）
大阪府出身。2011年より執筆をはじめる。2017年、姫亜。名義で『君が教えてくれたのは、たくさんの奇跡でした。』を執筆し、書籍化デビュー。『危ない隣人は消防士～一晩中、私を捕らえて離さない～』が、第8回野いちご大賞で部門賞を受賞。現在も小説投稿サイト「野いちご」で活動を続けている。

**絵・三湊かおり**（みなと　かおり）
神奈川県出身・在住。大学時代にイラスト活動を始める。2021年よりフリーのイラストレーターとして活躍中。

# 15歳の天使
## 最後の瞬間まで、きみと

2025年1月20日 初版第1刷発行

著　　者　砂倉春待　
発 行 人　菊地修一
デザイン　北國ヤヨイ（ucai）
発 行 所　スターツ出版株式会社
〒104-0031 東京都中央区京橋1-3-1 八重洲口大栄ビル7F
TEL03-6202-0386（出版マーケティンググループ）
TEL050-5538-5679（書店様向けご注文専用ダイヤル）
https://starts-pub.jp/
印 刷 所　大日本印刷株式会社

Printed in Japan
ISBN 978-4-8137-8196-7 C8293



本作はケータイ小説文庫（小社刊）より2018年2月に刊行された『16歳の天使～最後の瞬間まで、キミと～』に加筆修正をした野いちごジュニア文庫版です。



ファンレターのあて先

〒104-0031　東京都中央区京橋1-3-1 八重洲口大栄ビル7F
スターツ出版（株）書籍編集部 気付
**砂倉春待 先生**
いただいたお便りは編集部から先生におわたしいたします。